차례

1부 이야기를 짓다 _7

2부 이야기를 팔다 _37

3부 이야기를 뺏기다 _69

4부 이야기를 되찾다 _113

5부 이야기를 살다 _151

해설 _193

작가의 말 _210

1부
이야기를 짓다

1

옛날 옛날 먼 옛날, 너무 먼 옛날이어서 그런 시절이 있었는지조차 잊었을 만큼 아주 오랜 옛날에, 성은 전傳이요, 이름은 기수奇叟라 불리는 이야기 장수가 살았다. 소금 장수가 소금을 떼다 팔고 짚신 장수는 짚신을 떼다 팔듯, 그는 이야기를 떼다 팔았다. 어떤 사람에게 재미있는 이야기가 있으면 그것을 사다가, 재미있는 이야기를 듣고 싶어 하는 사람에게 웃돈을 얹어 팔았다.

기수는 본래 이야기 장수가 아니었다. 매일같이 서당에 나가 또래 친구들과 소학과 경전을 공부하는 나이 어린 학동이었다.

어려운 가정 형편에도 그의 어머니는, 글을 익혀 서리胥吏나 아전衙前 같은 관청의 말단 관리가 되기를 바랐다. 하지만 기수는 공부에는 별 흥미를 느끼지 못했다. 서당에선 꾸벅꾸벅 졸고 서당 오갈 때만 눈을 반짝였다.

들로 장터로 골짜기로 나다니며 장난과 말썽을 피웠다. 양반이 팔자걸음으로 걸어가면 몰래 따라가며 팔자걸음 흉내 내기, 나무 꼭대기로 올라가 새알 훔쳐 먹기, 지게 지고 가는 사람 몰래 쫓아가 지게 끈 풀기, 개구리를 잡으면 뱀에게 던지고 뱀을 잡으면 꼬맹이들에게 던지기, 다람쥐 굴 두더지 굴에 불 지펴 연기 피우기, 연못 속 용궁으로 들어가 토끼 잡기, 겨울잠 자는 곰의 꼬리털 뽑고 도망 나오기…….

책만 펼치면 엉뚱한 공상으로 빠져들기 일쑤였다. 친구들 골려 주거나 놀래 줄 거짓말 떠올리기, 산토끼를 잡아 새끼를 낳으면 돼지를 사고, 그 돼지가 새끼들을 낳으면 황소를 사고, 황소가 새끼들을 낳으면 용을 사서 먼 산 구름 속을 날아다니기…….

2

하지만 어머니가 사고를 당하고 말았다. 기수 어머니는 바닷가 마을에서 생선을 떼다 산골 마을로 들어가 팔고, 산골 마을에서 나물을 떼다 바닷가 마을에 팔았는데, 가파른 외길로 돌아가다 벼랑 아래로 떨어졌다. 성문城門으로 다니면 안전했지만 통행세를 아끼려다 그만 변고를 당하고 만 것이다.

기수는 공부를 중단하고 어머니를 간호했다. 장사도 대신 이어 갔다. 그것은 생각보다 무척 힘든 일이었다. 이고 진 짐 보따리로 어깨는 눌리고 다리는 아프고 발바닥은 부르텄다. 생선도 나물도 쉬이 팔리지 않았다. 그런데도 어머니는 이제껏 한 번도 힘든 기색을 보인 적이 없었다.

힘들기는커녕 언제나 기분 좋은 경험처럼 재미있게 말씀하셨다. 어떤 동네를 방문했는지, 어떤 손님을 맞았는지, 어떻게 물건을 팔았는지, 늘 밝은 표정으로 웃으며 얘기해, 정말로 기분 좋은 일을 겪고 온 줄 알았다. 그 바람에 서당에 가지 않고 어머니를 따라가겠다고 떼를 썼던 적도 여러 번이었다.

기수는 이문이 남지 않는 생선과 나물 장사를 그만두고, 옹기나 체를 가져다 팔아 보았다. 옹기는 너무 무겁고 찾는 이가 드물었지만, 체는 가볍고 찾는 사람도 많았다. 하루는 생각보다 많이 팔아 기쁜 마음으로 돌아왔다. 하지만 어머니는 그새 돌아올 수 없는, 먼 길을 떠나 버린 뒤였다. 머리를 풀고 눈물을 삼키지 않을 수 없었다.

어머니에 대한 모든 기억이 마음 아팠다. 자신은 굶어도 자식이 배불리 먹으면 배부른 표정으로 웃으시던 어머니, 한겨울 찬바람에도 장사를 나서는 어머니에게 방이 차다며 투정 부리던 자신의 모습, 삯바느질하느라 밤을 새는 어머니 옆에서 우리는 언제 이렇게 좋은 옷을 입어 보느냐며 불퉁댔던 일들……. 모든 어리광이 추억이 아닌 수치로 남겨졌다.

3

혈혈단신으로 기수는 다시 장삿길을 떠났다. 세상은 참으로 넓었다. 가도 가도 끝이 없었다. 하지만 어머니를 여읜 슬픔 또

한 쉬이 가시지 않았다. 날이 갈수록 도리어 더 그립기만 했다. 사람들은 나이 어린 사람이 어째서 장사꾼이 되었는지 궁금해했다. 그럴 때마다 기수는 그리운 어머니 모습을 떠올리며, 자신이 어쩌다 떠돌이 장수가 되었는지 들려주었다.

이야기를 한번 시작하면, 어찌나 안타깝고 안쓰럽게 이야기를 펼쳐 놓는지, 듣는 사람들은 모두 눈시울을 붉혔다. 특히 어머니 얘기를 할 때면 눈물을 글썽이며 잇지 못했다. 기수는 다른 손님이 와서 흥정을 붙여도, 하던 얘기를 마저 했다. 누구나 이야기를 한번 시작하면 그 이야기를 마무리 짓고 싶은 욕심 때문에 중간에 잘 멈추지 못한다.

기수도 자기가 어쩌다 체 장수가 되었는지 말하는 중에는 가격을 물어 오는 사람이 있어도 팔 생각을 않고, 하던 얘기를 마저 했다. 그렇게 체 파는 일은 뒷전으로 미루고, 체 장수 된 사연만 털어놓았을 뿐인데, 다른 장사꾼보다 더 많이 팔렸다. 그의 사연을 듣고는, 물건이 필요하지 않은 사람들조차 위로해 주는 마음으로 사 주었던 것이다.

그날도 기수는 처음 가 보는 동네에 이르렀다. 조잘대는 냇물이 흐르고 너른 들판을 안고 사는 넉넉해 보이는 마을이었다. 가축 울음과 아이들 웃음소리가 흔한 것을 보니 인심도 좋아 보였다. 기수는 그중 한 집을 골라 물을 청했다. 과연 어머니가 살아 계셨더라면 딱 그만한 연배였을 아주머니께서 선뜻 물을 떠 주며 마루 그늘을 내주었다.

기수는 답례 삼아 장사를 다니며 주워들은 세상 소식을 전해 주었다. 산간 마을에 흰 수염 호랑이가 나타나 사람을 물어 간 일이며, 욕심쟁이 나무꾼이 아름드리나무를 베다가 산신령님의 노여움을 타서 벼락 맞아 죽은 일, 가마를 메고 가다 돌에 걸려 넘어져 주인을 다치게 하는 바람에 쫓겨난 어느 불쌍한 노비 이야기……

자신이 체 장수로 떠도는 사연도 자연스레 털어놓게 되었다. 하지만 잠자코 듣던 아주머니 표정이 점차 굳어지더니 아휴, 하며 손사래를 쳤다.
"어린 사람이 거짓말 좀 그만하게!"
"……거짓말이라뇨?"

놀라 묻자 역정을 냈다.

"한심한 사람 같으니, 어째서 남의 얘기를 자기 것처럼 천연덕스럽게 늘어놓고 있누, 늘어놓길!"

혀를 찼다.

한 번만 더 그러면 관아에 도둑으로 신고하겠다는 협박까지 했다.

"도둑이라니요? 비록 떠돌이 장사꾼으로 살고는 있지만 남의 물건에는 한 번도 손을 대 본 적이 없습니다!"

항의해 보았지만 소용없었다.

이야기에도 주인이 있는 법인데, 그렇게 남의 이야기를 가져다 자기 얘기인 양 늘어놓으면 그게 곧 도둑질이 아니고 뭐냐는 거였다.

"남의 얘기라구요?"

하루 전에 다녀간 체 장수가 있는데, 그도 똑같은 사연을 얘기하더라는 것이다. 본래는 서당에 다니며 글공부를 했는데, 산비탈에서 굴러떨어진 홀어머니 병환을 돌봐 드리느라 체 장수가 되었더라는.

"그, 그럴 리가요?"

어처구니가 없지만, 문득 짚이는 사람이 있었다.

"혹시 그 사람 생김새가," 하고 생김새를 말해 보았다. "키는 저보다 한 뼘쯤 크고 수염을 덥수룩이 기른 데다 남쪽 말씨를 쓰지 않던가요?"

얼마 전 장터 오일장에서 함께 체를 팔던 털보 체 장수였다. 나란히 체를 늘어놓고 팔았지만, 체 장수가 된 기수 사연을 들은 사람들은 하나같이 기수의 체를 사 갔다.

그러자 털보가 못마땅한 표정으로 시비를 걸었다.

"돌아가신 어머니 얘기를 그럴싸하게 포장해서 장사에 이용해 먹다니, 못 봐주겠구먼!"

그때는 그렇게 비아냥대더니 지금은 자기 이야기인 양 떠벌리고 다니는 모양이었다.

4

기수는 털보 체 장수를 쫓았다. 자기 이야기를 제 사연인 양 떠벌리고 다니다니 어처구니없었다. 어머니가 남겨 주신 유산을 빼앗긴 기분이었다. 기수는 부지런히 뒤를 쫓았다. 추격은 생각보다 쉬웠다. 마을 사람들이 자신의 내력을 알고 있다면 털보가 지나간 곳이지만, 그렇지 않으면 달아난 방향이 아닌 것이다.

기수는 이틀 만에 털보를 찾아냈다. 아니나 다를까, 털보는 체를 한쪽에 쌓아 두곤 목청 굵은 목소리로 체를 팔고 있었다.
"체 사시오, 체 팔아요!"
털보는 막걸리 사발로 목까지 축여 가며 구성진 목소리로 주변 사람들 이목을 모았다.
"만약에 이 체를 사지 않으면 여러분은 두고두고 후회할 것이오."

기수는 곧장 멱살을 잡고 더는 입을 놀리지 못하도록 하고 싶었다. 하지만 일단은 뭐라 떠드는지 증거를 잡을 요량으로 사람들 틈에 숨어 지켜보았다.
"이 체로 말씀드릴 것 같으면, 여러분은 보도 듣도 못한, 세상에서 최고 좋은 품질로 만든 것이올시다!"
그런데 하는 소리를 들어 보니 자신이 늘어놓던 사연과는 어딘가 달랐다.

"여느 대나무로 만든 싸구려 체가 아닙니다. 햇볕 따갑고 바람 거센 곳에서 자라 한결 탄력 좋기로 소문난 저 남도 대나무로 엮은 것입지요. 허나 아무리 좋은 남도 대나무로 만든다 해도 요놈처럼 훌륭한 탄력과 매끈한 모양새를 갖추지는 못합니다. 요놈은 매듭마다 구비마다 특별한 재질로 다듬어진 체입지요."

기수 자신은 털보와 같은 사설을 늘어놓은 적이 없었다. 자신이 오해를 했나 하는 의심이 들었다. 하지만 계속 듣고 있자니까, 과연 기수의 사연이 나오기 시작했다.
"이 체는, 우리 어머니의 서러운 사연과 가슴 아픈 기억의 눈물로 다듬어진 그런 체입지요. 그래서 다른 어떤 체보다도 질기고 섬세하고 알뜰하게 알곡을 골라 줍니다. 저는 본래 홀어머니 밑에서 글공부를 하던 사람으로……."

살던 동네 이름이나 부친 존함은 달랐다. 하지만 어릴 때 아버지를 여읜 사연이며 어머니가 생선과 나물을 떼다 팔며 겪은 고생들, 통행세 몇 푼을 아끼려고 가파른 산비탈로 돌아가다 실족한 대목 그리고 약값 마련을 위해 옹기장수를 시작한 얘기 등은 모두 자신이 겪은 그대로였다.

자기 이야기를 털보가 제 사연인 양 늘어놓는 대목을 만나자, 기수 눈빛은 잃어버린 물건을 다른 사람에게서 발견했을 때처럼 번뜩였다. 마음 같아서는 현행범을 검거하듯, 당장 달려 나가 멱살을 그러쥐어야 했다. 하지만 그럴 수 없었다. 털보가 어찌나 서글프고 가슴 아프게 이야기를 풀어놓던지 사람들 모두 눈시울을 붉혔고, 기수마저 그만 눈시울이 젖기 시작했다.

사람은 설령 자신과 무관한 이야기라 하더라도 이야기가 너무 슬프면 자기가 직접 겪은 일처럼 슬퍼지는 법이다. 하물며 털보가 하는 얘기 하나하나가 모두 기수 자신이 직접 겪은 기억이다 보니, 더욱 공감이 가고 누구보다도 생생한 슬픔으로 다가왔다.

5

털보가 이야기를 모두 마치고 사람들한테 물건을 팔기 시작했지만, 이야기가 끝난 뒤에도 이어지는 슬픔을 달래느라 기수는 그가 물건을 팔게 두었다. 사람들이 모두 돌아간 다음에야 겨우 다가갔다.

"보시오."

기수가 말을 붙이자 그제야 알아본 털보가 놀라는 표정을 지었다. 마치 도둑질이라도 하다 들킨 듯이.

"누군가 내 얘기를 허락 없이 훔쳐다 쓴다기에 쫓아와 봤더니, 바로 당신이구려!"

따지듯 말을 붙이자, 털보가 사람 좋아 보이는 웃음을 지어 보였다. 웃음으로 슬그머니 넘어갈 속셈 같았다.

"다시는 내 이야기를 자기 이야기인 양 사용하지 마시오. 또다시 그랬다가는 가만두지 않겠소!"

기수가 못을 박듯 힘을 주어 일렀다.

그러자 털보도 그만 웃음을 싹 지운 얼굴로, "허허, 요 어린것이 말하는 것 좀 보소?"

얕잡으며 되물었다.

"가만히 두지 않으면?"

털보가 가까이 다가서자, 털보 그림자에 꼼짝없이 갇히는 느

낌이었다. 목청으로 보나 덩치로 보나 기수가 많이 밀렸다. 그럼에도 기수는 단호한 투로 말했다. 결코 얕잡아 보이고 싶지 않았다.

"관아에 고발하겠소!"

지나가던 사람들마저 쳐다볼 만큼 털보가 커다란 너털웃음을 웃어 젖혔다.

"대체 무얼 고발하겠다는 겐가?"

"무얼 고발하다니요? 내 이야기를 당신 것처럼 쓰고 있지 않소?"

"이게 어찌 자네 것인가?"

"내 이야기라는 건, 당신도 잘 알고 있지 않소? 어찌 이런 빤한 사실마저 잡아떼려는 거요?"

딴에 당당히 따져 물었지만, 털보의 덩치와 목청에 밀려 자기도 모르게 존댓말을 사용하고 있었다.

반면 털보는 반말이었다.

"자네가 겪은 일이라고 그 이야기마저 자네 것이란 말인가?"

"당연하지요!"

털보는 또 한 번 너털웃음을 웃어 댔다.

어찌나 자신만만하게 웃어 대던지, 기수는 그만 자기 생각이

틀린 게 아닌가 하는 의심이 들 정도였다.

"이보게나, 자네만 홀어머니 밑에서 살았다고 생각하나? 자네 어머니만 생선과 나물을 팔았단 말인가? 설마 자네 혼자만 옹기 장수를 하다가 체 장수를 하게 되었다고 우길 생각인가?"

털보가 따지더니 말했다.

"통행료를 아끼려고 산길을 돌아가다 다친 장사꾼 또한 한두 사람이 아닐세."

그렇지만, 하고 기수가 따졌다.

"통행세를 아끼려고 산길로 가다 실족해서 돌아가신 어머니를 둔 체 장수는 저 하나뿐이지 않나요?"

털보가 반박했다.

"나는 그냥 실족했다고 하지 않았네. 산짐승에게 쫓겨 다쳤다고 했네."

털보는 어머니가 벼랑 아래로 떨어진 게 아니라 곰에 쫓겨 굴렀다고 말했다. 곰의 모양새를 어찌나 실감 나게 흉내 내던지 정말로 마주친 듯 소름이 돋았었다.

털보가 미소를 머금고 물었다.

"그러니까 이건 자네 어머니 얘기가 아니지 않은가?"

그러고 보면 기수 얘기가 아니었다. 하지만 자신의 얘기가 아닌 것도 아니었다.

그렇다면 이 이야기는 누구 것이란 말인가.

몇몇 대목이 다르긴 하지만, 줄거리로 보나 핵심적인 사건들로 보나 결국은 대동소이大同小異하지 않은가.

마음 같아서는 그대로 멱살을 감아쥐고, 힘으로 다그쳐 자백이라도 받아 내고 싶었다. 하지만 완력으로는 어려울 것 같았다.

어쨌든 관청에 호소해 보는 수밖에 없었다. 진작 공부를 열심히 해서 관청 관리나 되었더라면, 하는 후회까지 들었다.

"좋소, 당신이 그렇게 우긴다면 내 정말로 관아로 찾아가겠소. 이 얘기가 과연 누구의 것인지는, 현명하신 나으리들께서 판단해 주실 테지요."

6

"체 장순가 보구려?"

주문한 국밥을 내오며 주모가 말을 붙였다.

"그렇습니다."

엄포를 놓긴 했지만 곧장 관아로 향할 수는 없었다.

털보에게 잘못을 빌러 올 기회를 줄 겸, 기수는 가까운 주막에 들러 끼니부터 챙겼다.

"그럼 예서 하루 묵어가시겠구려?"

주모는 기수 답변도 기다리지 않고 묵을 방을 정해 주었다.

"방값은 두 냥이오."

주모는 오늘 같은 장날에는 세 냥쯤 받는 게 예사지만, 보아하니 또 오실 손님 같아서 싸게 드리는 거라며 생색을 냈다.

일반 손님들에겐 그렇게 받지만 기수와 같은 떠돌이 장사꾼들에겐 어느 주막이나 두 냥만 받았다.

그러나 기수 역시 장사꾼답게 말을 받았다.

"고맙습니다. 다음에도 지나면 또 이곳에서 묵어갈 테니 군불 좀 뜨끈하게 지펴 주시오."

"그런데," 주모가 물러나지 않고 물었다. "아까 털보와는 무슨 일로 시비가 붙은 게유?"

자초지종을 들려주자, 주모가 혀를 차며 자기 일처럼 화를 냈다.

"아니, 내 살다 살다 별의별 도둑을 다 보겠구려! 아무리 세상인심이 각박해질 대로 각박해졌다지만, 이제는 어머니 여의고 고생한 이야기까지 도둑질해 가다니, 원!"

주모가 흥분하며 거들자, 기수는 자기 식구라도 만난 것 같이 반가웠다. 고소를 하면 왠지 관청 나리들도 주모처럼 대번에 자기편을 들어줄 것 같았다.

"하지만 고소를 해 봤자 소용없을 게유."

주모가 기수 곁으로 바투 앉더니 낮은 소리로 일렀다.

고소를 해도 순서를 기다려야 하기 때문에 곧바로 조사가 이뤄지지 않는다는 것이다. 설령 조사가 곧바로 이뤄진다 하더라도 시비가 가려질 때까지 여남은 번은 관청에 불려 가야 한다는 것이다. 그러기 위해서는 꼼짝없이 관청 주변에 대기해야 하는데, 체를 팔아야 하는 체 장수로서는 막대한 손실이 아닐 수 없었다.

"그러니 적당히 타협을 하는 게 나을 게유."

"타협이라뇨?"

"엽전 닷 냥 받는 정도로 양보하시구랴. 그리고 서로 마을을 달리해 체를 팔러 다니면 되지 않겠수?"

주모가 눈치를 살피며 물었다.

"보아하니 건너편 주막에 털보가 묵고 있는 모양인데, 내 다리를 좀 놔 드려 볼까?"

묻고는 인심 쓰듯 보탰다.

"일이 잘되면 닷 냥 중에 한 냥만 내 몫으로 넘기시구랴."

기수는 어이가 없었다.

지나치게 친절하게 말을 붙여 온다 싶더니, 결국은 자리를 마련해 주고 이윤을 챙길 목적인 모양이었다.

기수는 한숨을 내쉬곤 설명하듯 따졌다.

"우리 어머니께서 고생하며 사신 얘기를 고작 엽전 닷 냥에 팔아넘기란 말이오?"

"그럼, 얼마나 받을 작정이우?"

"돈이 문제가 아닙니다."

기수는 결코 돈 때문에 털보를 고소하려는 게 아니었다.

자신의 가슴 아픈 사연을 함부로 떠벌리고 다니도록 보고만 있을 수는 없었다.

"하는 짓이 너무 괘씸해섭니다."

기수의 이야기를 듣고 사람들이 체를 사 주자 못마땅한 표정으로 놀렸던 인간이 이번에는 자기 얘기인 양 팔아먹고 다녔다.

뿐만 아니라, 그가 찾아와 따지자 미안해하기는커녕 교묘하게 잡아떼면서, "이건 자네 어머니 이야기가 아니지 않은가?" 하고 비웃기까지 했다.

자신은 존댓말을 썼지만 털보는 반말지거리였던 기억까지 떠올랐다.

"그런 못된 인간은 벌을 받아야 마땅하지요!"

기수가 다짐하듯 중얼거렸다.

"그래도 송사를 넣는 것보다는 닷 냥이라도 받아 두는 게 나을 게유!"

얘기가 풀리지 않자 주모는 그만 입맛 잃은 표정으로 돌아가 버렸다.

하지만 이내 다시 돌아와 말을 붙였다.

"굳이 송사를 넣을 거면 내게 도울 방법이 있긴 있소만……."

기수가 쳐다보자, 큼직한 감나무 그늘에 가려져 있는 건넛마을 기와집을 가리켜 보였다.

"이방 나리의 큰형님 댁인디, 저기다 미리 부탁을 해 두면 이틀 걸릴 일도 하루면 되고, 보름 걸릴 일이 닷새면 된다우."

주모가 기수 눈치를 살피며 보탰다.

"내 가서 말씀을 놓아 드릴 수는 있소만, 그렇게 하려면 한두 냥 갖고는 어림도 없을 게유!"

걱정이 되어 방법을 알려 주는 것 같았지만, 사실은 관청에 호소하느니보다는 처음 제안대로 하고 물러나는 게 제일 낫다는 의견인 셈이었다.

기수는 잠시 생각을 해 본 끝에 일러두었다.

"말씀은 고맙지만, 내 식사를 마치는 대로 직접 건너가겠습니다!"

이만하면 흥정 붙이기 좋아하는 주모가 털보에게 가서 귀띔을 했겠지 싶은 시간이 지나자, 기수는 그만 일어나 건넛마을로 향했다. 그러곤 곧장, 큼직한 감나무가 그 덩치만큼 많은 노을을 받아먹고 서 있는 기와집으로 들어갔다.

7

"아따, 어린 사람이, 정말 고집 한번 세네그려!"

과연 기수가 감나무 기와집을 돌아 나오자, 털보가 다급하게 달려와 팔을 잡았다.

"무슨 일이오?"

하인들 기세에 눌린 기수는 말도 못 붙이고 돌아 나왔을 뿐이었다. 하지만 송사 부탁이라도 넣고 나온 듯이 뻣뻣하게 굴었다.

털보가 자세를 더욱 낮췄다.

"아, 우리 좋게 좋게 말로 함세, 말로……."

잡아끌자 마지못해 끌려가는 시늉으로 따랐다.

털보는 기분 좋은 사람처럼 술상을 시킨 다음 기수에게 술부터 따랐다. 아직 술을 배우지 못한 기수는 짧게 입만 갖다 댔다.

반면에 털보는 자신이 얻어먹는 쪽이라도 되는 양, 입맛 다시는 소리까지 내 가며 기분 좋게 잔을 비우더니 말했다.

"이만한 문제로 송사까지 벌일 필요가 있겠소?"

"제가 비록 가난해서 장사치로 나섰지만 본래 옳고 그름의 이치를 공부하던 사람입니다. 그쪽을 벌하고 싶지는 않소만, 무엇이 옳고 무엇이 그른지는 분명하게 바로잡고 싶소."

"미안하오."

털보가 성큼 사과하곤 변명을 달았다.

"장사꾼이 장사 욕심으로 그런 것이니 너그러이 넘겨주시구려. 하지만 어머니 얘기할 때는 나도 그만 고향에 두고 온 어머니가 생각나서 눈물이 나곤 했소이다."

말을 맺고는 돈주머니를 내놓았다.

"열 냥이오. 얻은 수입의 절반 값이니, 이것으로 그만 양보해 주시오!"

결코 적은 돈은 아니었다. 하지만 기수는 허! 하고 헛웃음부터 쳤다.

"아직도 제가 이러는 이유를 모른단 말입니까?"

털보가 설명을 바라는 표정으로 쳐다보았다.

"저의 가슴 아픈 사연을 당신이 도둑질하듯 갖다 쓰니 그것을 사과받으려 하는 것이오, 돈을 바라서 이러는 게 아니란 말이오!"

그러자 이번엔 털보가 허, 하고 헛웃음 쳤다.

"나 같은 장사치에겐 돈이 제일 중요하다네. 말로야 열 번 스무 번이라도 거저 사과할 수 있네. 그러니까 나는 지금 진심을 다해 내 잘못을 빌고 있는 것이라네."

듣고 보니 그럴듯했다.

"그나저나," 털보가 돈주머니를 다시 밀며 간곡한 표정으로 제안했다. "앞으로도 아우 이야기를 계속 사용하고 싶으니, 허락하시게. 섭섭하지 않게 쳐드리리다."

계속 쓰겠다?

털보의 제안에 기수는 놀랐다.

그리고 잠시 망설였다.

간단히 거절할 수도, 함부로 승낙할 수도 없는 노릇이었다.

어머니에게 불효한 얘기를 떠벌려 그것으로 돈을 번다는 게 영 마뜩잖았다. 하지만 그렇게라도 해서 장사를 해 보려는 사람에게 야박하게 굴고 싶지도 않았다. 게다가 이익이 나면 그것으로 장사를 그만두고 글공부를 이어갈 수 있을 터였다.

무엇보다 고향에 두고 온 어머니가 생각나서 눈물이 나곤 했다는 그의 말에 마음이 누그러졌다. 털보 역시 그저 어떡해서든 잘되기만을 바라 마지않는 선량한 한 어머니의 아들이었다.
"기왕 하려면," 하고 기수가 조건을 달았다. "몇몇 구절은 바꿔서 쓰시오."
"바꿔 쓰라니, 무슨 말이오?"
"들어 보니 어떤 대목은 제가 겪은 얘기보다도 슬펐습니다. 하지만 어떤 대목은 신세 한탄만 많아 듣기 거북했습니다. 제가 사람들에게 이 얘기를 들려준 이유는 어머니 사랑이 그리워서이지, 결코 동정을 받으려고 늘어놓은 게 아닙니다."
기수는 털보가 늘어놓는 얘기들 중에 귀에 거슬렸던 부분과 아쉬운 부분을 지적해 주었다.
"제 부탁을 들어줄 수 있겠습니까?"
기수가 묻자, 털보가 손을 잡으며 사람 좋아 보이는 웃음을 웃었다.

"당연히 그래야지, 그렇게 하면 사람들도 한결 더 귀를 기울여 줄 것 같구먼!"

8

털보와 함께 떼어 낼 것은 떼어 내고 붙일 것을 붙여 넣자 이야기가 한결 그럴듯해졌다. 남편을 잃고 혼자 자식을 키우는 어머니 이야기였다. 그녀는 아무리 고생해도 자식만 바라보며 행복해했지만, 자식은 아무것도 모르는 장난꾸러기로 자라는 이야기였다. 아들이 공부는 않고 못난 장난만 치는 대목에서 다들 웃고, 어머니가 통행세를 아끼려고 험한 산길로 돌아가다 변고를 당하는 대목에서는 다들 혀를 찼다.

얘기를 거듭할수록 털보 말솜씨도 늘었다. 서글픈 대목엔 서글픈 탄식을 넣고, 흥겨운 대목에는 흥겨운 가락을 붙였다. 털보가 탄식하는 대목에서는 사람들도 함께 탄식하고 털보가 울먹이는 대목에서는 함께 울먹였다. 기수 역시 구경꾼들 틈에 끼어 함께 울고 웃었다. 털보 얘기가 슬퍼서 울고, 사람들이 함께 우는 모습이 기뻐 웃었다.

털보는 준비한 이야기만 늘어놓는 게 아니라, 구경꾼들 중에 돌아가신 어머니 생각이 나는 분이 있으면 손을 좀 들어 보라고 이른 다음, 어떤 기억이 가장 가슴 아프냐고 물어보기도 하고, 또 어떤 일이 가장 기뻤냐고 물어보기도 했다. 그렇게 나온 이야기 중에 자신들이 들어 봐도 인상 깊은 내용이 있으면 다음 장터에서 슬쩍 끼워 넣어 이야기를 늘렸다.

그렇게 다듬고 늘리다 보니, 기수가 처음 들려주었던 사연보다 곱절이나 길어지고 웃는 대목도 많아졌다. 털보가 적당한 순간에 이야기를 잘라 목을 축이면, 사람들은 다음 이야기를 재촉하며 술을 받아 주기까지 했다. 어떤 날은 다만 이야기를 해서 얻은 수익이 체를 판 이익보다 많았다.

털보가 활짝 웃는 낯으로 수익금을 건넸다.
"이대로만 간다면 체를 팔 것도 없이 이야기만 해서도 돈을 벌겠수다!"

이익금 전부를 넘겨주고도 털보는 환한 웃음을 지어 보였다.

"아니, 이걸 전부 저한테 주는 겁니까?"

"글공부를 하려면 생계 걱정은 면해야 하지 않소?"

기수는 글공부를 다시 시작할 생각이었다. 장사를 하는 내내 장사하는 자기 모습이 낯설었다.

어려서부터 어머니 말씀에 따라 관청 관리로 살 생각을 해 온 때문인지, 자꾸만 다른 사람의 인생을 사는 기분이었다.

"저야 고맙지만, 이렇게 하면 형님에게 돌아가는 몫이 너무 적지 않은가요?"

"나는 이제 아무 걱정 없네!"

털보가 큰소리치고 나서 설명했다.

"이제 어디를 가든 아우가 만들어준 '어머니 이야기'가 있지 않은가? 모든 장사는 밑천이 필요하지만, 이 이야기는 이제 내 머릿속에 들어와 있으니 아무 걱정 없네. 게다가 이야기란 게 하면 할수록 솜씨가 늘고 다듬어지니 이제 어디를 가든 쉬이 손님을 모을 자신이 있네!"

그러고 보니 그랬다.

그래도 미안한 마음에 절반씩 나누려 하자, 손사래 쳤다.

"이게 다 아우를 만난 덕분이니 그대로 가져가게!"

한편으로 눈물을 글썽였다.

이제 헤어지면 다시 만나기 어려울 터였다.

두 사람은 오래 알고 지내 온 형제처럼 아쉬운 표정을 지었다.

2부
이야기를 팔다

1

"털보 형 아니오?"

흥미로운 이야기처럼 인연은 쉬이 끝나지 않았다. 반년쯤 지나 봉화재 삼거리 주막에서 마주친 것이다.

"아니, 기수 아우 아닌가?"

반가운 마음에 서로의 팔을 맞잡고 한참을 풀지 못했다.

"여긴 어쩐 일이오?"

등짐을 내려놓으며 털보가 설명했다.

"장사꾼이 가지 못할 데가 있나, 사람 모인 데라면 어디든 가 보는 거지."

하지만 행색이 남루했다.

"그 이야기는 이제 그만두었네."

"그만두다니요?"

'체 장수 어머니 이야기'는 인기를 누렸다. 하지만 언제부턴가 어디를 가나 그 이야기를 모르는 사람이 없었다.

처음 가 보는 동네였는데도 이미 체 장수 이야기를 알고 있었다.

그럼, 하고 기수가 물었다.

"또 다른 누군가가 우리 이야기를 훔쳐 썼단 말입니까?"

"나도 처음엔 그런 줄 알았네."

하지만 알아보니, 털보가 찾아가 말하기도 전에, 말하기 좋아하는 사람들 입에서 입으로 전해진 것이었다.

말하자면 이야기 스스로 먼저 퍼져 나가 버린 것이다.

"발 없는 말이 천 리를 간다더니, 이제 그 이야기는 아는 사람이 너무 많아 아무 소용도 없게 됐지!"

그런데, 하고 털보가 물었다.

"아우야말로 조용한 암자에 들어가 글공부에 매진하겠다고 하지 않았나?"

기수 차림이야말로 남루하기 짝이 없었다.

"그럴 작정이었지요."

기수가 쓴웃음을 지어 보였다.

작정한 대로 산속 암자로 들어가 글공부를 다시 시작했다.

하지만 오래가지 못했다. 암자 주변 화전민들이 화적패로 몰려 관아에 붙잡혀 간 것이다. 아이들만 남아 배를 곯는 꼴을 보다 못해 돕다가, 하마터면 기수도 곤욕을 치를 뻔했다.

"괜히 고생만 했구려."

털보가 위로하자 기수가 웃어 보였다.

"하지만 덕분에 진짜 이야기 공부를 좀 했지요."

"진짜 이야기 공부라니?"

"화전민들 사연을 들어 보니, 우리 어머니 이야기는 아무것도 아니었소. 이들이 겪은 사연들이야말로 탄식과 눈물 없이는 듣기 어렵습디다."

그러잖아도 기수는 털보 생각을 하고 있었다. 눈물과 탄식 없이는 듣지 못할 기구한 사연들을 알아 두었던 것이다.

기수는 자신이 알고 있는 이야기 중에서 가장 기억에 남는 이야기 몇 가지를 털보에게 들려주었다.

장님 아버지를 모시고 사는 효심 깊은 소녀 이야기, 가난 때문에 어린 자식들을 노비로 팔아 버린 부부 이야기, 집이 없어 산속 호랑이 동굴로 들어가 호랑이 눈치를 보며 사는 어린 형제 이야기, 길 잃고 헤매다 저승까지 가서 먼 조상들을 만나고 돌아온 꼬마 이야기…….

털보의 눈빛이 마치 장사꾼이 장사하기 좋은 물건을 발견했을 때처럼 반짝였다.

"너무 가슴 아픈 이야기들이구려!"

하지만 혼잣말하듯 물었다. "너무 가슴 아픈 이야기들을 사람들이 듣고 싶어 할까?"

"형님이라면 얼마든지 가능할 겁니다."

기수가 응원했다. "형님은 남의 얘기 가져다 자기가 겪은 일인 것처럼 떠벌리는 재주가 남다르지 않습니까?"

기수가 놀리듯 옛일을 떠올리자, 털보가 예의 사람 좋아 보이는 웃음을 웃었다.

"예끼, 이 사람아! 다 지난 일을 왜 이러는가?"

2

두 사람은 새 이야기를 만들기 시작했다. 밤새 머리를 맞대고 이야기를 엮은 다음, 장터로 나가 털보가 직접 구연해 보았다.

어떤 대목은 반응이 좋지만 어떤 대목은 시들했다. 어떤 건 아이들만 좋아하고, 어떤 이야기는 아낙네들이 좋아했다.

털보는 반응이 좋으면 살리고, 그렇지 않으면 줄이거나 버렸다. 가장 인기 있는 이야기는 부모를 여의고 혼자 살아가는 어린 소녀 이야기였다. 온갖 고생 끝에 자식 없이 살아가는 어느 가난한 화전민 부부의 양녀로 들어가 사는 줄거리였다. 하지만 구경꾼들 반응에 따라 얘기를 조금씩 바꿨다.

소녀가 고생한 얘기에 훌쩍이면 그 대목을 더욱 길게 늘렸다.
또 하루는 구경꾼이 따졌다. "아이를 어찌 그리 불쌍하게 고생만 시키는 거요?"
그러면 서둘러 부잣집 양녀로 들어가 행복하게 살았다고 고쳤다.
그런데도 불만이면, 하늘나라 선녀들이 도와 왕비가 되었다고 끝을 맺었다.

털보가 이야기를 구연하는 동안, 기수는 주변 마을을 찾아다니며 새 이야기를 발굴했다. 슬픈 이야기든, 재미있는 이야기든, 웃긴 이야기든, 가슴 아픈 사연이든, 그것이 쓸 만한 이야기다 싶으면 얼마든지 값을 쳐줄 생각이었다. 마음에 담아 둔 이야기가 있는 사람은 누구든 붙잡고 털어놓고 싶은 법이다. 하물며 돈을 내고 산다면 너도나도 들려줄 것 같았다.

막상 부딪쳐 보니 사람들은 쉬이 입을 열지 않았다. 아무 소용도 없는 사연들을 돈을 내고 사겠다고 하니까, 돌멩이를 돈을 내고 사겠다는 제안만큼이나 믿지 못하는 눈치였다. 자기 이야기를 꺼내 놓으려는 사람보다도, 이야기를 사겠다는 기수 이야기나 들어 보자고 모여든 사람들이 더 많았다. 사기꾼으로 오해를 받기도 했다.

기수는 방법을 달리해 보았다. 우선 물 한 모금부터 청하고, 안부 인사부터 나눴다. 혹은 담배부터 권했다. 필요할 때는 술도 샀다. 일단 먼저 친해진 다음, 자신이 지어 보일 수 있는 가장 편안한 웃음을 지어 보이며, 어쩌다 이야기 장수가 되었는지 솔직하게 말해 주었다. 그러자 마치 답례라도 하듯, 자신이 알고 있는 이야기나 겪은 일을 그들도 꺼내 놓기 시작했다.

입에서 입으로 전해 온 옛날이야기가 가장 흔했다. 선녀와 나무꾼, 산신령과 금도끼, 호랑이와 팥죽할멈 이야기 등은 어느 마을에나 있었다. 다만 약간씩 달랐다. 어떤 노인은 선녀만 하늘로 올라갔다 하고, 다른 노파는 자식들까지 데려갔다고 말했다. 자식을 두고 가는 어미는 없다는 것이다. 다른 아주머니는 나무꾼도 따라 올라갔다고 주장했다. 애들 아버지를 버려두고 자식만 데려가는 여자가 세상 어디에 있겠냐는 것이다.

고아로 자라 고생한 이야기도 흔했다. 대부분이 민란이나 역병으로 가족과 사별한 아픔을 겪은 때문이었다. 이야기를 갖고 있지 않은 사람은 아무도 없었다. 산골 노인조차 평범치 않은 사연을 마음속에 묻어 두고 있었다. 보잘것없어 보이는 사람조차, 아니 보잘것없어 보이는 사람일수록, 그렇게 되어 버린 그만의 슬픔이 있었다.

3

다 쓰러져 가는 움막에 사는 노파가 들려준 이야기는 눈물 없이 듣기 어려웠다. 노파는 일곱 자식 중에 셋을 전쟁 때 잃고, 둘은 전염병으로 잃었다. 다른 하나는 병을 이겨 냈지만 장님 비렁뱅이로 나선 뒤 소식이 끊겼다. 여섯째 아들 하나만 남아 함께 살았는데 가난해서 장가를 가지 못하고 있었다. 하지만 노파는 슬퍼하기보다는 콩 한 쪽이라도 반드시 먼저 맛보게 하는 여섯째 효성을 자랑하며 웃었다.

반면에 눈물을 훔치며 자기 신세를 한탄하는 아주머니도 있었다. 노파에 비하면 그녀는 고생도 적고 살림도 넉넉했다. 그런데도 더없이 많은 불쌍한 표정과 한숨을 지어 보였다. 그러자 기수의 눈에도 노파보다 아주머니가 더 불쌍해 보였다. 이야기를 찾아다니다 보니, 이제는 사람을 만나면, 그 사람이 움막에서 살든 기와집에서 살든, 그 사람이 어떤 이야기를 지어 갖고 사는지가 기수에게는 더 중요해 보였다.

"참 재밌지 않소?"
털보에게 노파 얘기와 아주머니 얘기를 함께 들려주며 말했다.
"어떤 사람은 갖은 불행을 겪고도 웃는 낯으로 얘기하지만, 어떤 사람은 행복하게 살면서도 죽는소리만 하다니 말이오."

같은 경험을 해도, 그것을 어떤 이야기로 만들어 사느냐에 따라 다른 경험이 되는 게 신기했다.

"그 두 사람 이야기를," 듣고만 있던 털보가 의견을 내놓았.

"하나의 이야기로 묶어 쓰면 어떻겠나?"

"하나로 묶어 쓰다니요?"

"티격태격 다투며 사는 늙은 부부 이야기로 말일세."

털보가 말하곤 설명을 달았다. "똑같은 사실을 두고도 생각이 서로 달라 말끝마다 다투는 부부 이야기로 만들면 한결 더 재미있을 것 같은데?"

털보는 즉석에서 일어나 할아버지 목소리로 구연했다.

"내가 살던 고향은 봄이면 진달래꽃 찔레꽃 산수유꽃이 울긋불긋 피어나는 더없이 아름다운 동네였지."

"노인이 이렇게 말할 때, 할멈이 옆에서 말하는 거야."

털보가 노파 목소리로 보탰다.

"아름답긴 개뿔이 아름답누! 배가 너무 고파 진달래꽃마저 피어나기 무섭게 따 먹어야 하는 지지리도 가난한 동네였으면서!"

"하지만 전쟁이 나기 전까지만 해도 이웃집 숟가락 숫자까지도 서로 다 알고 지낼 만큼 사이좋고 인심 좋은 동네였지."

털보가 할아범 목소리로 말한 다음, 다시 노파 목소리를 냈다.

"사이가 좋긴, 먹을 거 없고 가진 게 없어서 사사건건 서로 빌려 쓰다 보니 숟가락 숫자까지 알고 지낸 거지!"

"지금이라도 고향으로 돌아가 살면 더없이 좋으련만……."

할아버지가 꿋꿋하게 말하자, 할머니도 지지 않고 받았다.

"난 고향으로 돌아갈 생각이 전혀 없수!"

같은 사실을 말하는데도 서로 다르게 이야기하는 부부로 만들어 놓자, 한결 재미가 느껴졌다. 이번에는 기수 눈빛이 장사하기 좋은 물건을 발견한 때처럼 빛났다.

4

기수와 털보는, 함께 하기 전까지는 생각지 못한 '티격태격 부부 이야기'를 완성했다. 전쟁과 역병으로 고향을 등지고 떠돌이 비렁뱅이로 사는 '티격태격 부부 이야기'에 사람들은 파안대소하며 눈물을 훔쳤다. 웃다가 우는 구경꾼이 있는가 하면, 울면서 웃는 사람도 있었다. 할아범 편을 드는 구경꾼도 있고, 할멈 편을 드는 이도 있었다. 그들은 이야기 속 부부처럼 서로 다투기까지 했다.

처음엔 털보 혼자 목소리를 바꿔 가며 할아범 역할도 맡고 할멈 역도 맡았다. 하지만 주막의 부엌데기 순님이가 할멈 시늉을 제법 내자 그녀에게 맡겼다. 그러잖아도 털보는 그녀를 눈여겨보고 있던 차였다. 순님은 처음엔 어색해하더니 갈수록 천연덕스레 할멈 역을 해냈다. 나중엔 공연이 끝나고도 할멈 어투로 대거리해서 폭소를 자아냈다. 할멈과 할아범 말투로 농담을 주고받는 털보와 순님의 모습을 보고 있으면 마치 두 사람의 먼 미래를 앞당겨 보는 기분이 들었다.

털보와 순님은 손님들에게 '고아 소녀의 이야기'와 '티격태격 부부 이야기'를 하루 한 차례씩 번갈아 들려주었다. 그 바람에 어떤 구경꾼은 어린 고아 소녀를 티격태격 부부가 잃어버린 자식이라고 생각했다. 털보가 서로 다른 이야기라고 설명해 주었지만, 도리어 언짢아했다.
"아, 그렇게 따로따로 고생을 시킬 게 뭐가 있소?"
"옳소, 티격태격 부부한테는 자식이 없고, 소녀는 고아로 살고 있으니, 부모 자식 간으로 맺어 주면 그야말로 누이 좋고 매부

좋은 거 아니오?"

 어떤 날은 물건을 사러 온 사람보다 이야기를 구경하러 나온 이들이 더 많았다. 하루는 이웃한 목기 장수가 불만을 터뜨렸을 정도다. 이야기를 듣기 위해 몰려든 사람들 때문에 장사를 망쳤다고 트집을 걸어온 것이다.

 "사람들이 당신 노점을 막아서긴 했지만, 그만큼 많은 사람들이 몰려나왔으니 장사에 도움이 되었지 방해만 되었을 리가 없지 않소?"

 어이없는 표정으로 털보가 반박했다.

 그런데도 목기 장수는 억지를 부렸다.

 "어쨌거나 당신네 구경꾼들이 내 가게 앞을 막았으니 변상을 하시오!"

 화가 난 털보는 일언지하에 거절했다.

 "못하겠소!"

 시비를 지켜보던 기수가 웃어 보였다.

 화가 난 털보는 기수까지 타박했다.

 "자넨 뭐가 좋아서 웃나?"

 "옛날의 형님 모습을 보는 것 같아 그럽니다."

기수는 털보를 놀리곤, 이내 웃음을 거두며 목기 장수 앞으로 나섰다.

"저희가 그만 경솔하여 저희 입장만 생각했습니다. 결례를 용서하십시오."

젊은 기수가 어른처럼 점잖게 나오자 목기 장수도 그만 주춤하는 표정이었다.

"저희가 따로 변상을 하기는 어렵지만, 이렇게 하면 어떻겠습니까?"

목기도 함께 진열해 놓고 이야기 공연을 펼칠 테니, 이익이 늘어나면 늘어난 만큼을 함께 나누자고 제안했다.

목기 장수가 동의하고 돌아가자, 털보가 웃으며 말했다.

"돈 뜯어내려고 온 사람과 돈을 함께 벌 생각을 하다니, 자네도 이제 장사꾼이 다 되었구먼!"

기수도 환하게 웃는 얼굴로 말했다.

"사람들에게 이야기를 구하려고 다니다 보니, 어떻게 사람들과 이야기를 나눠야 할지 배우게 된 것일 뿐입니다."

5

 목기 장수가 적잖은 재미를 보자 지전 장수, 모시 장수, 곡물 장수, 방물장수까지 찾아와 동업을 제안했다. 목기뿐 아니라 지전, 모시, 곡물, 잡화 등을 모두 진열해 놓고 공연을 펼쳤다. 다양한 물건들을 고루 갖추어 놓자 더 많은 구경꾼들이 몰렸다.

 물건 파는 일을 털보에게 맡긴 장사꾼들은, 나머지 물건을 갖고 주변 마을로 다니며 장사했다. 기수는 그들에게 좋은 이야기가 있으면 값을 후하게 쳐주겠으니 구해 달라고 부탁해 두었다. 세상 이야기를 장꾼들보다 다양하게 접하는 사람도 없었다. 게다가 돈이 되는 일에 그들만큼 민감한 이들 또한 드물었다.

 덕분에 기수는 다종다양한 이야기들을 한결 쉽게 수집했다. 장사 밑천이 없는 가난한 장사꾼은 이야기만 구해 기수에게 파는 것으로 생계를 삼기까지 했다. 기수 자신도 미처 예상치 못한 일이었다. 심지어 이야기만 사러 오는 손님들도 생겼다.

 하루는 장사를 끝내고 쉬는데 나이 지긋한 사내가 하나 찾아왔다.

그는 긴한 부탁을 건네려는 사람이 흔히 그렇게 하듯 눈치를 살피며 쭈뼛쭈뼛 들어와 앉더니 자기소개부터 했다.

"저는 유기를 팔러 다니는 장돌뱅이올시다."

기수가 이미 동업을 하는 유기 장수가 있다고 하자 엽전 꾸러미를 꺼내 놓으며 말했다.

"동업이 어렵다면 이야기라도 두서너 개 소개해 주시오."

괜찮은 이야기가 있으면 자기도 배워서 이야기 장수로 나서 보고 싶다는 것이다.

목소리를 들어 보고 말을 시켜 보니 말재주가 좋아 보였다. 기수는 그에게 어울릴 법한 이야기를 두어 개 만들어 주었다.

하루는 사당패 모가비가 찾아왔다.

"우리에게도 어울리는 이야기를 하나 만들어 주시오."

그는 줄타기를 하거나 사발 돌리기 같은 묘기를 하며 들려줄 이야기를 원했다.

나중엔 기생까지 찾아왔다.

남정네들 마음을 홀릴 만한 이야기가 있었으면 한다는 것이다.

심지어 이웃에 사는 노파까지 찾아왔다.

버릇없는 손주 녀석들에게 들려주면 좋을 이야기가 있으면 구하고 싶다는 것이다.

언제부턴가 가게는 물건을 사러 오는 손님 못지않게 이야기를 팔러 오거나 이야기를 사러 오는 손님들로 붐볐다.

6

이야기 찾는 손님들이 줄을 잇자 기수는 장터 한쪽에 이야기만 취급하는 가게를 따로 차렸다. 세 칸짜리 번듯한 목조 건물이었다. 그만한 점포를 가지게 될 줄은 생각지도 못한 일이었다. 게다가 이야기 가게라니, 세상 사람 누구도 생각 못한 일일 터였다. 과연 이야기를 돈을 주고 사기도 하고 돈을 받고 팔기도 하는 가게가 생겼다는 소문에, 가게는 연일 구경꾼들로 붐볐다.

대개는 호기심 삼아 구경 온 사람들이었다. 하지만 이야기를 들려주기만 해도 값을 쳐주는 것을 보자 너도 나도 자기 이야기를 팔겠다고 줄을 섰다. 옛날이야기를 수도 없이 많이 기억하고 있는 노인부터 불평 한마디 잘못했다가 옥살이를 치른 어느 아주머니의 억울한 사연까지, 다들 자신이 이야기를 펼쳐 보이면 과연 값을 얼마나 쳐줄라나? 궁금한 얼굴로 기웃거렸다.

 짝꿍이랑 다투게 된 얘기를 팔러 온 꼬마가 있는가 하면, 흰 수염의 산신령이 흰 구름을 타고 흰 도포 자락을 날리며 나타난 꿈 이야기를 팔러 온 할아버지도 있었다. 아이가 생기지 않자 길한 태몽 이야기를 사러 온 부부도 있었다. 친구들과 기생집에 가서 밤새 놀고는 걱정하시는 부모님께 적당히 둘러댈 만한 이야기를 찾는 선비도 있었다.

 겁이 많은 손주에게 들려줄 만한, 무서움을 이겨 낼 수 있게 해 주는 이야기를 찾는 할머니, 이야기를 들려주기만 하면 금세 잠이 들게 만드는 이야기를 찾는 아주머니, 사랑에 빠진 이야기를 찾는 총각, 용의 동굴에 갇힌 공주를 구하는 이야기를 찾는 소년…….
 심지어 거지까지 와서 손을 내밀었다. 혹시나 각설이 타령으로 쓰면 좋을 이야기 부스러기라도 있으면 보태 달라며.

손님들이 줄을 잇자, 기수는 글을 읽고 쓸 줄 아는 필사꾼들을 따로 고용했다. 그들은 이야기를 팔러 온 사람들의 이야기를 받아 적거나, 이야기를 구하러 온 사람들에게 채집해 둔 이야기를 보여 주는 업무를 맡았다. 이제 누구든 이야기를 팔려면 먼저 필사꾼에게 이야기를 들려줘야 하고, 필사꾼이 들어 본 다음, 혼자 듣고 말기에는 참으로 아깝다 싶을 때만 기수에게 가져왔다.

별의별 이야기들이 다 있었다. 슬픈 이야기, 슬픈 데도 웃긴 이야기, 웃긴 이야기, 웃긴 데도 가슴 아픈 이야기, 눈물 없이는 들을 수 없는 이야기, 듣다 보면 배꼽이 빠져 버리는 이야기, 발톱이 나오는 이야기, 밤새도록 끝이 나지 않는 이야기, 처음엔 재미있다가 나중엔 재미없는 이야기, 뿔 달린 동물이 등장하는 이야기, 들락날락할 수 있는 거울 속 이야기, 아리따운 선녀가 하늘에서 내려오는 이야기, 쥐뿔과 개미 손톱이 나오는 이야기, 비명을 지르게 만드는 이야기, 듣고 난 사흘 뒤에야 비로소 웃음이 터지는 이야기⋯⋯.

7

가게는 하루가 다르게 번창했다. 이야기를 팔러 온 사람들로 생겨난 줄이 점심때가 되면 가게 바깥까지 이어지곤 했다. 어떤 날은 줄이 장터 너머까지 길게 이어지자, 그들에게 엿이나 주먹밥 파는 장사꾼까지 생겨날 정도였다. 가게 안은 언제나 구경꾼들로 북적였다. 진열대마다 전쟁 이야기, 귀신 이야기, 용궁 이야기, 머리가 아홉 달린 괴물 이야기 같은 보도 듣도 못했던 이야기들이 첩첩이 진열되어 있었다.

하지만 첫 문장만 보이게끔 진열해 놓아서, 호기심으로 둘러보던 손님들이 참다 참다 궁금해 구입하게 만들었다.

[옛날 어느 성에 세상에서 제일 아리따운 공주가 살았습니다……]

[어느 날 아침, 말을 하는 코끼리가 마을에 나타났습니다……]

[세상에서 제일 거짓말 잘하는 거짓말쟁이가 살았습니다……]

[참다 참다 하루는 며느리가 시어머니에게 말대꾸를 하였습니다……]

다른 한쪽 구석에는 몇 날 며칠이 지나도 끝나지 않는 긴 이야기들을 진열해 두었다. 그곳에는 의자와 평상까지 따로 마련해 두었다. 시간 가는 줄 모른 채 이야기에 빠져들고 싶은 손님들이 주로 찾았다. 그들은 대개 자신이 읽고 싶은 이야기 속으로 들어가 몇 날 며칠이 지나도 돌아 나오지 않았다. 주먹밥에 짚신까지 마련해 이야기 속으로 들어가 보름이 지나도록 달포가 지나도록 돌아 나오지 않는 이도 있었다.

행인들이 지나가며 볼 수 있는 진열대 맨 앞줄에는 단 한 줄로 만들어진 가장 간명한 이야기들을 진열해 놓았다.

[배고파 울던 동생이 그만 울음을 그쳤습니다.]

[아기는 엄마를 보며 웃는데, 엄마는 아기를 보며 웁니다.]

[먼 산이 자꾸자꾸 따라옵니다.]

……

동네 꼬마들이나 비렁뱅이 아이들까지 몰려와 진열해 놓은 한 줄짜리 이야기들을 보며 저희들끼리 여러 추측들을 보탰다.

"울던 동생이 어째서 울음을 그친 걸까?"

"그야 엄마가 먹을 걸 가져왔으니까 그친 거겠지!"

"아니야, 더는 울 힘도 없어서 그친 걸 거야."

"맞아. 배가 너무 고파서 울지도 못하는 거야, 내 동생도 그랬어!"

"아기는 웃는데, 엄마는 왜 우는 걸까?"
"아기 아빠가 죽은 걸까?"
"아기를 두고 일을 가야 하는가 보지!"
"잃었던 아기를 되찾은 건 아닐까?"
"너무 가난해서 아기를 노비로 팔아먹은 걸지도 몰라!"

8

이야기보따리를 구경하거나 고르거나 빌려 가는 손님들로 가게는 매일 붐볐다. 꼼꼼히 감시해도 하루 한두 개쯤 이야기보따리를 잃어버릴 정도로 손님들이 많았다. 하루는 시끄러운 소란에 내다보니 늙은 필사꾼이 어린 손님 멱살을 잡아 데려왔다.

도둑을 잡은 것이다.

필사꾼이 기수 앞에 무릎을 꿇었다.

뒷모습은 제법 어른 덩치지만, 이마엔 여드름이 잔뜩 피어난 여남은 살 먹은 소년이었다.

"무엇 하러 이야기를 훔쳤느냐?"

기수가 묻자, 우물거리듯 말했다.

"이야기를 읽고는 싶은데 돈이 없어서 그만……."

필사꾼이 일렀다. "단지 읽고 싶은 게 아니라, 읽고 나서는 팔아먹을 작정이었을 겝니다."

거지와 다름없어 보이는 꾀죄죄한 행색만으로 짐작할 수 있었다. 그러나 아이가 반박했다.

"아니옵니다, 읽고 나면 다시 갖다 놓으려 했습니다."

"그 말을 어찌 믿겠느냐?"

"용왕 이야기, 구미호 이야기, 붕새 이야기, 백이숙제 이야기, 삼국지 이야기…… 모두 가져가 읽었지만 제자리에 틀림없이 갖다 놓았습니다."

"그 이야기들을 모두 훔쳐 읽었단 말이냐?"

"……네."

그러자 필사꾼이 혀를 찼다.

"아, 아니, 그걸 자랑이라고, 저런 뻔뻔스런 놈을 봤나!"

기수는 너털웃음을 웃고, 이름을 물어보았다.

"선우이옵니다."

기수는 가벼운 주의만 주고 돌려보냈다.

"꼭 읽고 싶다면 가게 안에서는 얼마든지 읽도록 해 줄 테니, 다시는 도둑질하지 말거라."

젊은 필사꾼이 따졌다.

"주인어른, 저런 도둑놈을 그대로 풀어 주면 어떡합니까?"

기수가 되물었다. "자네라면 어떡하겠는가?"

"우리 가게에서 도둑질을 했다가는 어떤 꼴을 당하는지 아주 매운맛을 보여 주었을 겝니다."

기수가 다시 물었다.

"도둑질이라도 해서 먹고살아야 할 만큼 가난해 보이던데, 그런 아이에게 그렇게까지 할 필요가 있겠느냐?"

필사꾼도 지지 않고 대답했다.

"그런 아이일수록 단단하게 야단을 쳐야지, 그렇게 하지 않으면 또다시 도둑질을 할 게 뻔합니다유."

엄하게 하지 않으면 제 마음대로 하려 들기 때문에, 엄하게 벌하지 않는 것은 아이를 망칠 수도 있다는 것이다.

"그러고 보니 그럴 수도 있겠구나."

하지만 선우는 다음 날부터 매일 가게로 나왔다. 필사꾼들이 눈총을 줘도 하루도 빠지지 않고 나와 이야기 구경에 빠졌다.

뿐만 아니라 손님들이 이야기를 찾으면 다른 필사꾼보다 더 빨리 찾아 주었다.

9

털보와 순님은 혼례를 올렸다. 초가삼간이지만 너른 텃밭이 있는 신혼집까지 마련했다. 기수는 많은 돈을 벌었다. 차림도 몰라보게 달라졌다. 더는 적삼 누더기에 벙거지 차림의 꾀죄죄한 모습이 아니었다. 비단 두루마기에 가죽신, 수정 갓끈까지 번듯하게 갖췄다. 그를 대하는 사람들 태도까지 공손하게 바뀌었다.

명절날에는 어머니 산소에도 다녀왔다. 무덤에 금잔디까지 입혔다. 기수는 준비해 간 술을 따르고 큰절을 올렸다. '어머니, 저 왔어요.' 기수는 주저앉아 하염없이 눈물을 흘렸다. '비록 어머니가 바라던 서리나 아전 같은 관청 관리가 되지 못하고, 일개 장사꾼이 되었습니다. 하지만 이제는 번듯한 가게도 마련해 남부럽지 않게 열심히 살고 있어요.'

어머니 바람대로 관청 관리가 되고 싶었다. 그러나 이제 생각하면, 그렇게 하지 못한 게 더 잘된 일 같았다. 알고 보니 서리나 아전 같은 하급 관리들이 하는 일이란, 고작 권세 있는 양반들 비위나 맞추고 불쌍한 서민들을 갈취하기 일쑤였다. 기수 역시도 이야기 가게를 차리고 나서부터는 서리에게 점포 세를 내고, 나장에게 따로 자릿세를 바쳐야 했다.

사나운 독수리 눈매의 나장은, 매번 빌려준 돈이라도 받아 가듯 거들먹댔다. 분을 참지 못하고 몇 번이나 드잡이하고 싶은 걸 참았다. 그러던 하루는 '효녀 이야기'를 가져가더니, 밤새 울었다며 다른 이야기를 따로 더 가져갔다. 그제야 그도 국가에서 받는 봉록이 적다 보니 그러지 않을 수 없는 것일 뿐, 본래부터 나쁜 심성을 가진 사람은 아닐지도 모른다는 생각이 들었다.

기수 자신도 관리가 되었다면, 그처럼 이야기를 접할 때는 눈물을 흘릴 줄 알면서도, 현실에서는 서민들 돈을 갈취하는 것을 당연하게 여기는 사람이 되었을지 모른다. 그렇게 생각하자 나장이 측은해 보이는 한편으로, 관리가 되지 않은 게 다행 같았다.

처음 어머니를 여의었을 때는 서럽고 막막했지만, 이제 돌이켜 보니 결국은 모든 일이 더 잘되어 가는 길을 어머니께서 마련해 주고 떠난 것이구나 하는 생각까지 들었다.

자신이 만약 어린 체 장수로 떠돌지 않았다면 과연 지금처럼 성공할 수 있었을까. 심지어 화전민 아이들을 돕다가 화적패로 몰렸던 일조차, 털보 형을 다시 만나게 해 주었다는 점에서 더 없는 행운으로 여겨졌다. 이야기 중에서도 재미있는 이야기들은, 도무지 예측 불가능한 방법으로 주인공을 데려가는 법이다. 어려운 고비를 겪지만 오히려 기회가 되고, 고생을 하지만 덕분에 멋지게 성공한다. 자신의 인생 역시도 이와 같은 방식으로 마련되어 있었던가 보았다.

기수는 문득 자신이 겪은 일들을 하나의 이야기로 만들면 어떨까 하는 생각이 들었다. 그러잖아도 많은 사람들이 어떻게 이야기 가게를 차리게 되었는지 궁금해했다. 어머니를 여의고 떠돌이 체 장수로 살던 얘기부터 어떻게 이야기들을 만들고 모으게 되었는지, 그리고 어떻게 가게까지 차리게 되었는지 들려주면, 그 역시도 손님들이 좋아할 한 편의 흥미로운 이야기보따리가 되지 않을까.

 돌아가는 대로 기수는 이야기를 써 볼 작정이었다. 어머니 이야기도 아니고, 화전민 이야기도 아닌, 자기 자신의 이야기를 만든다고 생각하니 새삼 기대가 되고 흥분도 되었다. 머릿속에서는 이미 첫 문장까지 떠올랐다.
 '옛날 옛날, 어느 먼 옛날, 기수라는 아이가 살았습니다. 그는 서당에 나가 소학과 경전을 배웠습니다…….'

3부
이야기를 뺏기다

1

"어찌 된 일이오?"

돌아와 보니 뜻하지 않은 변고가 기다리고 있었다. 털보가 잡혀갔다는 것이다.

순님은 넋이 나간 표정이었다.

"아이고, 나도 어떻게 된 영문인지 모르겠수."

갑자기 포졸들이 들이닥쳐 이유도 말해 주지 않고 잡아갔다는 것이다.

관아로 가 보려 하자 주모가 말렸다.

"그러잖아도 내가 순구 아범을 보내 놓았으니 기다려 보슈."

너무 놀라 심장이 뛰고 다리가 후들거려 이웃해 사는 순구 아범을 대신 보내 놓았다는 것이다.

"풍기를 문란하게 해서 잡아갔다는구먼유."

관아에 다녀온 순구 아범의 설명이었다. 이야기 공연 중에 털보와 순님이 서로 농을 나누며 간지럼 먹이는 대목이 있는데, 그것이 풍기 문란죄에 걸렸다는 것이다.

"아니, 할아범이 화해하려고 할멈에게 간지럼 먹이는 것을 문란하다고 하다니……."

기수가 답답해하며 관아로 갈 채비를 했다.

"대본을 직접 보여 주면 그들도 쉬이 수긍할 거요!"

기수가 자신 있게 말했지만 주모 의견은 달랐다.

"아무래도 쉽지 않겠수. 애들조차 웃을, 아무 문제도 되지 않는 그런 문제로 사람을 잡아갔다면 필시 다른 이유가 있을 게유."

궁리를 해 보는 눈치더니 이웃한 허름한 초가를 찾아갔다.

형방 어른 댁에서 심부름하는 곰보네 집인데, 그를 통해 형방 어른께 청을 넣어 보겠다는 것이다.

"얼마나 걱정이 되십니까?"

자초지종을 들은 곰보는 자기 일처럼 걱정해 주었다.

하지만 연신 걱정하는 말만 늘어놓을 뿐, 달리 움직이지 않다

가 주모가 엽전을 쥐여 주자 그제야

"그럼, 내 힘닿는 데까지 알아보겠수!" 하고는 집을 나섰다.

곰보는 날이 저물어서야 돌아왔다.

"먼저 목이나 좀 축입시다."

곰보가 말하자, 주모가 준비해 둔 술상을 내왔다.

"쉽지가 않소!"

곰보는 잔을 비운 다음, 한숨을 내쉬었다.

하지만 그것은 자기 수고를 내세우려고 짐짓 해 보는 소리였을 뿐, 뒷말은 반가운 내용이었다.

"판결은 두고 봐야 하겠지만, 가까운 일가친척이라고 말해 두었으니 우리 형방 나리께서 힘을 좀 써 주시지 않을까 하오."

그러자 주모가 손뼉 치며 반겼다.

"아이고, 살았네, 살았어!"

곰보가 술을 모두 비우자, 주모는 술상을 다시 내다 주었다.

"저런 사람을 믿어도 되겠소?"

거나하게 취해 돌아가는 곰보를 바라보며 기수가 물었다.

"물론 돈을 좀 더 쥐여 줘야 할 게유."

주모가 말했다. 형방 나리를 움직이게 하려면 돈이 제법 들 거라는 것이다.

"죄 없는 사람을 가둬 놓고 결국 돈을 달라는 게요?"

마치 주모가 요구하기라도 하듯 따지자, 주모도 자신이 요구하기라도 한 듯 달랬다.

"그런 말 마슈, 돈을 받아 주면, 그게 제일 고마운 게유."

"괘씸한 일이지, 어째서 고마운 일이오?"

기수가 따지자, 하나는 알고 둘은 모르는 사람에게 설명하듯 답답하다는 표정으로 일렀다.

"결국 풀어 줄 것이니까 받아 가는 것 아니겠수!"

괜한 원망이나 시비를 살까 봐 함부로 뒷돈을 챙기지 못한다는 것이다.

주모 설명에 순님 표정이 한결 밝아지는 눈치여서 기수는 잠자코 있었다.

하지만 뒷돈을 챙기는 고약한 짓을, 도리어 좋은 일이라고 반겨야 하다니 입맛이 썼다.

2

과연 다음 날로 무사히 풀려나왔다. 적잖은 뒷돈이 들어가긴 했지만, 그렇게나마 바로 풀려나와 다행이었다. 털보는 다시 이야기 공연을 펼쳤고, 기수는 가게 안채에 따로 책상을 마련하여 어머니 산소에서 떠올렸던 이야기를 만들기 시작했다. 자신이 직접 경험한 일이기 때문에 한두 달이면 완성할 수 있을 것 같았다.

'옛날 옛날, 어느 먼 옛날, 기수라는 아이가 살았다. 그는 소학과 경전을 읽었다. 어머니께서 글을 익혀 서리나 아전 같은 관청의 말단 관리가 되기를 바란 때문이었다……'

그러나 첫 장을 다 마치기도 전에, 여남은 명의 나졸들을 앞세운 포도부장이 요란한 발자국 소리로 들이닥쳤다. 놀란 손님들이 휘둥그레진 눈으로 쳐다보았다.

"하나도 빠트리지 말고 압수하라!"

부장이 호령하자 나졸들이 진열되어 있던 이야기보따리를 일제히 거둬 부장의 발밑에 쌓기 시작했다.

필사꾼들이 달려들었다.

"아이고, 이게 무슨 일입니까요?"

손님들은 놀란 닭처럼 달아났다. 약삭빠른 손님 하나는 그런 와중에도 이야기보따리 하나를 들고 달아났다.

"네놈이 여기 주인이더냐?"

가장 나이 든 필사꾼을 지목하며 부장이 호통치듯 물었다.

제가 주인이오만, 하고 기수가 나섰다.

"무슨 일이신지요?"

부장이 도포 자락 속에서 두루마리 한지를 꺼내 펼쳐 보였다.

"여기 적힌 이야기를 너희가 만든 것이냐?"

기수는 눈살을 찌푸려 이야기를 살펴보았다. 자신의 글씨가 틀림없었다. 맨 아랫부분에 찍혀 있는 도장 역시 자기 것이었다. 그것은 억울한 옥살이를 겪은 아주머니 이야기였다.

"그렇사옵니다만……."

기수 대답이 끝나기도 전에 부장의 칼등이 기수의 목젖에 닿았다.

"이놈, 네 죄를 네가 알렷다!"

기수는 놀란 눈을 부릅떴다. 죄라니? 이제껏 자신은 별다른 죄를 지은 적이 없었다.

"무슨, 말씀이신지요?"

기수는 어떤 죄도 저지른 적 없는 사람답게 당당한 태도로 되물었다. 그러나 자기도 모르게 목소리가 떨렸다. 마치 죄를 저질러 놓고 숨기려는 사람처럼.

"이놈, 이렇게 증거가 뚜렷한데도 잡아뗄 작정이냐?"

부장이 다그치자, 기수가 서둘러 변명했다.

"그 이야기를 저희 가게에서 판 것은 틀림없는 사실입니다. 그러나 그것이 어째서 죄가 되는지 모르겠습니다. 저희는 훔치거나 하지 않았습니다. 돈을 주고 정당하게 구입한 것이옵니다."

"자세한 것은 관아로 가서 문초를 해 보면 알겠지!"

부장이 중얼거리곤, 명령했다.

"이놈을 당장 포박하고 여기 있는 이야기보따리들을 모조리 관아로 압수하라!"

그때까지만 해도 기수는 크게 걱정하지 않았다.

아무리 생각해 봐도 자신은 관아로 끌려갈 만한 죄를 결코 지은 적이 없었다.

뭔가 오해가 있는 듯했다.

3

"네 이름이 무엇이냐?"

포도대장이 기수를 내려다보며 물었다.

동헌 마당에 무릎을 꿇린 채 기수가 대답했다.

"성은 전이고, 이름은 기수이옵니다."

대답을 마치자마자 대장이 상체를 숙이며 노려보듯 물었다.

"네놈이 바로 혹세무민을 일삼는 그놈이렷다?"

"당치 않사옵니다."

목소리가 떨렸지만 기수는 힘을 내어 말했다.

"저는 좋은 이야기가 있으면 구입하고, 그것을 필요로 하는 손님들에게 되파는 일을 하는, 일개 이야기 장사꾼에 지나지 않사옵니다."

"허어, 저렇게 증거가 뚜렷한데도 잡아떼는 것이냐?"

가게에서 압수해 온 이야기보따리들을 가리켜 보이더니, 명령했다.

"저놈을 십자형틀에 묶어라!"

"나으리!"

기수는 억울함을 호소했다.

"저는 어떤 이야기도 훔치거나 하지 않았사옵니다. 모두 정당하게 대가를 지불하고 얻은 것들이옵니다."

하지만 소용없었다.

"매우 쳐라!"

명령이 떨어지자 곁에 서 있던 급창이 길게 외쳤다.

"매우 치랍신다!"

곤장을 칠 때마다, 신음이 터져 나왔다. 손바닥과 발바닥이 땅바닥에 버려진 물고기처럼 파득거렸다.

기수가 거듭 애원했다.

"제가 저지른 죄목이라도 알고서 벌을 받고 싶습니다. 나으리!"

그러자 매질을 멈췄다.

"그렇게 알고 싶으면 내 낱낱이 알려 주마!"

대장이 옆에 서 있던 사령을 바라보자, 사령은 재빨리 이야기 보따리를 풀어 읽었다.

"우리 아이는 이제 겨우 여섯 살입니다. 하지만 군졸들이 들이닥쳐 군역을 내라 독촉했습니다. 저희 집은 너무 가난하여 그럴 형편이 못 되었습니다. 그러자 부엌을 뒤져 보리와 고구마까지 모두 빼앗아 갔습니다. 속이 상한 아버지가 죄 없는 아이 등짝을 때리며 화풀이를 하였습니다. '이놈아, 차라리 죽어라, 나가 죽어!'……."

대장이 호령했다.

"이래도 잡아떼겠느냐?"

"저는 무엇이 잘못된 것인지 모르겠사옵니다."

"……잘못을 모르겠다?"

대장이 허허 웃더니, 혀를 찼다.

그러자 사령을 비롯한 다른 포졸들도 혀를 차며 비웃거나, 저런 못된 놈이 있나? 하고 수군거렸다.

대장이 웃음을 거두곤 추궁했다.

"이런 허무맹랑한 이야기를 사람들에게 팔아 놓고, 너는 아무 잘못이 없다고 잡아떼는 것이냐?"

"그 이야기는 어떤 아주머니께서 직접 겪은 일입니다. 잘못이 있다면, 엉터리 세금을 거둬 간 이야기 속의 군졸들이지, 소인은 그저 들은 그대로 적어 놓았을 뿐입니다."

"어허, 이런 고약한 놈이 다 있나?"

대장이 다시 혀를 찼다.

"세상에는 분명 양민을 괴롭히는 나쁜 지방관도 있고, 아이를 때리는 한심한 아버지도 있기는 있을 것이다. 그러나 그것은 극히 일부분일 뿐인데, 이런 이야기를 세상에 퍼뜨려 남녀노소에게 읽히면 어찌 아버지 체면이 설 것이며, 나라의 법도가 설 수 있더란 말이냐?"

"그 점은 염려하지 않으셔도 좋사옵니다."

"염려하지 말라?"

"사람들이 공감하는 이야기는 사람들 입을 통해 빠르게 퍼져 나갑니다. 그러나 그렇지 못한 이야기는 쉽게 잊히게 마련입니다."

"그러니까 그것이 추잡한 이야기든, 허황된 이야기든, 거짓으로 만든 이야기든, 죄가 되지 않고 해害도 되지 않는다는 소리냐?"

"그러한 주장은 아니옵니다."

기수는 이야기 가게를 하며 보고 느낀 것을 설명했다.

"슬픈 이야기는 슬픔을 풀어 줍니다. 재미난 이야기는 답답한 마음을 풀어 줍니다. 억울한 이야기는 상한 마음을 풀어 줍니다. 억울한 일을 당한 사람들은 그 사연을 들어 주기만 해도 한결 편안해진 얼굴로 돌아갑니다. 그러니까 만약 억울한 이야기가 많이 돌아다닌다면, 그것은 다만 그렇게라도 억울한 마음을 풀고자 하는 백성들이 많다는 경보 같은 것이옵니다."

"네놈이 이야기 장사를 하더니 말재주만 뻔지르르해졌구나!"

대장이 혀를 차더니, 명령했다.

"저 놈이 제 정신을 차릴 때까지 매우 쳐라!"

급창이 새벽닭처럼 길게 외쳤다.

"매우 치랍신다!"

4

"이보게, 정신 차리게."

누군가 흔들어 깨우는 소리에 눈을 떴다.

"정신이 좀 드는가?"

머리를 풀어 헤친 쑥대머리 사내였다. 목에는 칼을 차고 있었다.

주변으로 또 다른 사내들 네다섯이 추위를 막으려는 듯 서로 몸을 바짝 붙이고 앉아 있었다.

그들 발목에는 모두 족쇄가 채워져 있었다.

무너진 흙벽에 박달나무 창살로 둘러싸인 허름한 옥방이었다.

"꼼짝 않기에 그만 죽은 줄 알았네!"

눈가에 커다란 사마귀 점이 달린 사내가 웃어 보였다.

기수가 몸뚱이를 일으켜 앉으려 했지만, 장독이 올라 다리를 오므릴 수조차 없었다.

"대체 무슨 죄를 졌길래, 이런 몰골이 되었는가?"

매부리코가 물었다. 숨을 쉴 때마다 담배 연기 같은 입김이 피어오르는 날씨에도 불구하고 그들은 홑겹 적삼만 입고 있었다.

"저도 모르겠습니다."

기수는 한숨부터 났다. 졸지에 거지꼴이나 다름없는 몰골로 죄인처럼 갇혀 버린 자기 처지가 믿어지지 않았다.

기수는 거지꼴을 하고 있는 죄수들과 가까이하고 싶지 않았다.

"이쪽으로 오게."

그러나 사마귀가 기수를 더욱 당겨 눕혔다.

"혼자 누워 있다간 잠은커녕 몸이 얼어 버릴 걸세."

그러잖아도 흙벽 틈새로 차가운 바람이 엎질러진 냉수처럼 쏟아져 들어오고 있었다.

사내들과 몸을 바짝 붙이자 그나마 견딜 만했다.

"쯧쯧, 어쩌다 이토록 당했는가?"

피멍 든 자리를 살피며 매부리코가 혀를 찼다.

"저는 이야기 장수입니다. 제가 잘못한 거라면 그저 이야기를 사다가 되판 것밖에는 없습니다."

사마귀가 놀란 표정으로 물었다. "대체 어떤 거짓된 이야기를 팔았길래 이리되었소?"

"거짓되어서가 아니라, 사실 그대로 얘기하는 바람에 잡혀 온 것 같습니다."

문초 당한 사정을 낱낱이 말하자 다들 혀를 찼다.

"나쁜 놈들!"

"똥 잘못 싼 놈이 뒷간 더럽다 탓한다더니, 제 놈들 이야기가 구리니까 괜한 이야기 장수를 잡아 가뒀구먼!"

5

"그래도, 희망을 가지슈."

사마귀가 달랬다.

"족쇄를 채우지 않은 것을 보니 우리보다는 벌이 한결 가벼울 듯싶소."

새치가 많아 가장 나이 들어 보이는 사내는 꾼 돈을 갚지 못해 잡혀 왔다. 매부리코는 송아지를 훔치다 걸렸고, 사마귀는 수수 좁쌀을 줍다 잡혀 왔다.

"나야말로 겨울 논밭에 남아 있는 수수 좁쌀이나 주웠을 뿐인데 이렇게 소도둑과 똑같은 취급을 받고 있다우!"

사마귀가 한숨을 내뱉자, 매부리코가 퉁박을 주었다.

"그러게 사내대장부가 훔치려면 나처럼 배포 좋게 송아지를 노리든가, 치졸하게 수수 좁쌀이 뭔가 수수 좁쌀이!"

"훔친 게 아니라, 버려진 이삭을 주운 것뿐이라네. 나는 자네 같은 도둑놈이 아니란 말일세!"

사마귀가 지지 않고 대거리했다.

매부리코도 지지 않았다. "바늘을 훔치나 소를 훔치나 남의 것을 훔치면 다 똑같은 도둑일세!"

"이삭을 주운 것이 어찌 도둑질인가?" 사마귀가 주먹질이라도 할 듯 언성을 높여 따졌다.

그러자 매부리코가 웃으며 물러났다. "어허, 어린 사람이 어디다 대고 목소리를 높이나 높이긴?"

"자네 나이가 몇이나 되길래, 나보고 어린 사람, 어린 사람, 하는 겐가?"

사마귀가 신경질 내며 따졌다. 누가 봐도 엇비슷한 또래로 보였다.

"바늘 도둑이 소도둑 된다는 말도 들어 보지 못했는가?"

매부리코가 속담을 들먹였다.

"그 말이 지금 여기서 무슨 소용인가?"

사마귀가 따지자 설명했다.

"나도 처음엔 감자나 옥수수 같은 걸 조금씩 훔쳤네. 하지만 조금씩 배짱이 늘어 송아지까지 훔친 것이라네. 그러니까 내가 선배고 자네는 내 후배가 아니고 뭐겠는가."

그러자 사마귀가 그만 돌아누웠다.

"나는 결코 도둑질하지 않았네. 더구나 자네 후배가 되고 싶은 마음은 죽어도 없네!"

돌아눕기는 누웠지만, 몸을 떼지는 않았다. 도리어 조금이라도 추위를 적게 타려고 등을 바짝 붙였다.

"나도 자네 같은 후배를 두고 싶지는 않네. 하지만 우리처럼 가진 것 없는 무지렁이들이 나가면 또 무얼 하겠는가, 또 빌어먹고 훔쳐 먹기밖에 더 하겠는가?"

매부리코는 계속 사마귀를 놀려 댔다.

체온과 농담에 의지하지 않으면 참기 힘든 추위였다.

그러나 조금씩 말수가 주는 것으로 보아 깜박깜박 잠이 드는

가 보았다.

하지만 기수는 좀체 잠이 오지 않았다.

6

닭이 울었다.

그때까지도 기수는 잠이 오지 않았다.

뒤챌수록 신음만 새 나오고, 생각할수록 한숨만 나왔다.

"아직 잠들지 못했는가?"

쑥대머리 사내가 기수에게 말을 붙여 왔다. 나직했지만, 위엄이 느껴지는 목소리였다.

"그렇습니다."

기수가 대답하자, 쑥대머리가 위로했다.

"걱정 놓게. 자네는 누구를 해친 것도 아니니까, 돈 좀 쥐여 주면 당장 내일이라도 풀려날 걸세."

그렇게만 되면 참으로 다행일 것 같았다. 말수가 적은 그가 그렇게 말을 해 주니, 왠지 그렇게 될 것 같기도 했다. 어쨌거나 족쇄에 칼까지 차고 있는 그보다는 자기 처지가 나아 보였다.

"아저씨야말로, 걱정이 많으시겠습니다." 기수가 답례 삼아 걱정해 주었다.

"나는 걱정이 많아서 잠들지 못하는 게 아닐세. 다만 일각일각이 아까워 자지 않는 것일 뿐이네."

지그시 웃는 표정으로 그가 말했다. 산적 누명을 쓰고 있는 그는 내일이라도 참형을 당할 판이었다.

"누명을 벗을 방법이 생길 겁니다."

기수가 자기 위로 삼아 말했지만, 그가 고개를 저었다.

"아무래도 쉽지 않을 것 같네."

"어떡하든 진실은 밝혀지지 않겠는지요?"

기수가 달래자, 고개를 가로저었다.

"나를 처형하면 위로는 공로를 인정받고, 아래로는 두려움을 퍼뜨릴 테니, 처형할 게 틀림없네."

"설마, 그럴 리가……."

쑥대머리가 기수에게만 들릴 크기로 뒷동을 달았다.

"게다가 나는 사실 활빈당이라네."

기수가 놀라 쳐다보았다.

"그리고 그 사실이 무척 자랑스럽기까지 하다네."

그 말에 기수는 한 번 더 놀랐다.

그의 얼굴은 정말로 뭔가를 자랑하고 싶을 때 짓는 사람의 표정이었다.

하지만 활빈당은 삼대를 멸할 역적으로 몰렸다.

잘린 머리통을 백골만 남을 때까지 저잣거리에 달아 두는 효수형까지도 당할 터였다.

"나는 내일이라도 참형을 당할지 모르네. 그러나 그렇게 끝난다 해도 아무런 후회도 미련도 없다네."

말하곤 기수에게 물었다.

"자네 직업이 이야기 장수라 했던가?"

"그렇습니다."

"그러면 내 이야기를 좀 들어볼 텐가?"

"만약 들어 봄 직한 이야기면 제가 값을 아주 후하게 드릴 수도 있습니다."

기수가 말하자, 후한 값을 받은 사람처럼 웃었다.

"고맙네. 내 죽은 뒤에 이야기로라도 남는다면 그것만큼 기분 좋은 일도 없을 걸세."

기수가 기꺼이 그러겠다고 약속했다.

하지만 그는 한참 동안 아무 말도 하지 않았다.

혹시 그대로 잠이 든 게 아닐까 싶을 만큼 시간이 지난 다음에야 입을 열었다.

"내 이야기는 징검다리를 헛디뎌 넘어진 순간부터 시작한다네."

기수는 그의 말에 귀를 기울였다.

이야기가 재미있기도 했지만, 듣고 있다 보면 통증과 추위를 조금이나마 잊을 수 있었다.

7

동무들과 나무를 하고 내려오는 길이었지. 징검다리를 헛디뎌 미끄러져 버렸네. 뒤로 나자빠지며 물에 홀딱 젖은 내 모습을 보고 다들 웃어 대며 놀렸지. 바지는 젖고, 짚신은 떠내려가고, 나뭇짐까지 젖어 버렸지. 다행히 크게 다친 데는 없었지만, 무척이나 재수 없는 날이구나 싶었네.

그때 바구니가 하나 떠내려왔다네. 주위를 두리번거리자니까 처자 하나가 다급히 달려오더군. 허둥거리는 모습조차 귀여워 보이는 처자였네. 바구니를 잡아 건네주자 수줍게 웃더군. 돌아가면서 한 번 더 힐끗 뒤돌아보더군. 물건을 찾아 주워 준 때문인지, 그녀가 돌아본 때문인지, 우쭐해지는 기분이더군. 재수 없기는커녕 더없는 행운을 차지한 기분이었지.

대여섯 마장 떨어진 동네에 사는 처자더군. 내가 아무 때나 싱긋벙긋 웃음을 물고 지내자, 어머니가 까닭을 물으셨지. 내 부탁을 듣고, 어머니께서 사람을 내세워 혼사 얘기를 넣어 보았네. 하지만 집안 형편이 너무 기운다는 이유로 거절을 당하고 말았지. 더없던 설렘은 그만 더없는 실망이 되고 말았네. 세상을 다 잃은 듯한 실의에 젖고 말았지.

부모님들 몰래 그녀를 찾아갔네. 날마다 밤마다 틈을 내어 그녀에게 사랑을 호소했지. 그녀는 몹시 두려워하면서도, 그러나 아주 외면하지는 않더군. 생각보다 오랜 시간이 걸리긴 했지만, 마침내 그녀에게서 사랑한다는 맹세를 받아 냈다네. 세상을 다 얻은 것만 같았지. 너무나 행복했다네. 징검다리에서 넘어진 일이 내가 태어나서 제일 잘한 일처럼 여겨지더군.

그러나 그녀 부모님이 그녀를 결혼시키려 했네. 야반도주를 했지. 강을 건너고 산을 넘었네. 호랑이 동굴을 지나기도 하고 곰 발자국을 만나기도 하고 여우와 마주치기도 했지. 마침내 이렇게 깊은 산속에도 사람이 사는구나 싶은 산간 마을로 들어가 살림을 차렸네. 바보 같은 선택을 한 게 아닐까 싶은 위험을 수차례 겪었지만, 정착하고 나자 이렇게 하지 않았다면 얼마나 후회했을까 싶을 만큼 행복했네.

그러던 어느 날 관군이 들이닥쳤지. 그들은 화적 떼를 소탕하는 중이라며 마을을 샅샅이 뒤지더군. 그러더니 도적들을 이롭게 할 수 있다며 우리를 강제로 이주시켰네. 졸지에 살던 집과 애써 가꾼 밭을 잃었지. 나는 화가 나서 따졌네. 그러다 그만 관군 하나를 해치고 달아나는 신세가 되고 말았지. 그때는 또 그보다 더한 불행은 없을 것 같더군.

결국 더 깊은 산속으로 달아났네. 그런데 그곳은 바로 도적들 소굴이었다네. 하지만 알고 보니 더없이 선량한 사람들이었네. 무엇이든 함께 나눠 먹고 함께 의견을 나눴네. 관에서는 반역죄인으로 몰지만, 내가 목격한 그들 모습은 전혀 그렇지 않았지. 나는 그곳에서 사람이 곧 하늘이라는 말을 들었네. 백성이 주인이라는 사실도 배웠네. 살면서 가장 잘한 일이 있다면 그것은 바로 활빈당이 된 것일세.

8

다음 날 털보와 순님이 왔다.

가족 외에는 면회가 불가능했지만, 독수리 눈매의 나장이 몰래 힘을 써 준 것이다.

나장은 마치 자기 일처럼 혀를 차며, 근심 어린 표정을 지어 보였다.

"어쩌다 이런 꼴이 되었는가?"

그러더니 더욱 근심 어린 표정으로 부탁했다. "그나저나, 내가 자릿세 받은 사실은 비밀에 부쳐 주게."

털보도 나장에게 인사하는 것을 잊지 않았다.

"이렇게 면회를 허락해 줘서 고맙습니다요."

그러나 나장이 돌아 나가자 주먹감자 먹이는 것 역시 잊지 않았다.

"기수 자네를 걱정해서 허락한 게 아니라, 자기 비리가 걱정되어 한 거구먼, 쯧쯧!"

 순님이 싸 온 밥과 떡을 다른 이들에게 나눠 주었다. 기수 자신은 입맛을 잃어 아무것도 먹고 싶지 않았다. 하지만 다들 먼저 먹으라고 권하는 바람에, 자신도 떡 한 조각을 집어 들기는 들었다. 그런데 막상 입에 넣어 굴려 보니 더없이 달았다. 결국 자신이 제일 많이 집어 먹었다.
 "대체 무슨 죄명으로 이리 문초를 하던가?"
 털보가 물을 건네자, 마시고 나서 답했다. "어떤 아주머니가 곡식을 강탈해 간 군졸들 이야기를 한 적이 있는데, 그것을 문제 삼습디다. 혹세무민에 풍기 문란죄라면서……."
 기수는 설명하다 말고 거듭 물을 마셨다. 무척 달았다. 살아오면서 마신 물 중에 가장 달았다.
 털보가 물었다. "그 아주머니를 기억하고 있는가?"
 "새터골 우물 집 아주머니와 같이 왔었으니까 그 아주머니에게 물어보면 알 겁니다."
 기수가 말하곤 부탁했다.
 "그 아주머니를 좀 찾아봐 주시오. 아주머니가 증언을 서 주기만 하면 한결 쉽게 풀려날 수 있을지 모르겠습니다."

"그러게, 어떻게든 찾아볼 테니 자네는 아무 걱정 말고 몸조리나 잘하고 있게."

털보가 솜옷을 넣어 주며 말했다.

"곰보한테도 부탁해 놓았으니까 자네 역시도 쉬이 풀려날 걸세!"

하지만 저물녘에 온 털보 표정이 좋지 않았다.

"수소문 끝에 아주머니를 찾기는 찾았네만, 관청이라면 무서워서 증언을 못 하겠다며 훌쩍이시기만 하네."

뿐만 아니라 곰보 소식도 좋지 않았다.

"돈이라면 꼼짝 못 하는 곰보 아저씨가 엽전 한 닢 받지 않는 걸 보니, 아무래도 쉽지가 않을 것 같네."

털보가 한숨을 내쉬었다.

그러나 기수는 이미 예상하고 있었다. 낮에 다시 동헌으로 끌려 나가 적잖은 고문을 당한 것이다.

9

이번에는 '괴물 이야기'를 문제 삼았다. 급창이 이야기보따리

하나를 풀어헤치더니 목청을 돋워 읽었다. 최근 들어 사람들이 가장 즐겨 찾는 이야기 중에 하나였다.

"한강 마포나루에는 길이가 스무 척이나 되는 괴물이 살고 있었다. 맑은 날은 물속 깊이 숨어 지내다가, 강 안개가 자욱한 시간에만 밖으로 나오는데, 재빠르기가 물새 같고 힘이 세기는 호랑이도 당할 재주가 없었다. 파충류처럼 길쭉한 혓바닥을 지녔는데, 혀를 길게 뻗어 마치 개구리가 벌레 삼키듯, 강가에 놀러 나온 사람들을 잡아먹곤 했다. 하루는 강가로 소풍 나온 사람들을 마구 해치다 말고, 빨래하러 나온 어린 소녀를 긴 꼬리로 감아서 잡아갔는데……."

"이런 황망한 이야기를 만들어 퍼뜨리다니, 참으로 허무맹랑한 놈이구나!"

포도대장이 나무라자, 사령도 혀를 찼다.

"마포나루에 괴물이라니 참으로 한심한 유언비어입니다요."

"네놈이 이토록 흉흉한 이야기를 퍼뜨리는 이유가 대체 무엇이냐?"

포도대장이 참으로 가엾다는 듯이 쳐다보았다.

기수는 참으로 답답하다는 듯이 답했다.

"그것은 단지 흉흉한 이야기가 아니옵니다."

"네, 이놈! 한강에 괴물이 사느냐, 살지 않느냐?"

"살지 않사옵니다."

"그런데도 많은 사람들이 이 이야기를 접하고 한강 나들이는 커녕 낚시조차 꺼리고 있다. 이게 민심을 흉흉하게 하는 짓이 아니라면 대체 뭐가 흉흉한 이야기라는 게냐?"

"그것은 마치 겁 많은 아이들이 무서운 꿈을 꾸는 것과 같은 이치옵니다. 혹은 무서움 타는 아이가 어둠 속에 있으면 스스로 귀신을 상상하는 것과 같은 일이옵니다."

"상상한다? 이런 황당한 괴물을 상상한다는 건 그만큼 황망한 마음을 가졌다는 소리지 않느냐?"

"백성들이 그런 이야기를 좋아한다면, 그것은 그만큼 백성들이 무서움에 시달리고 있다는 뜻이옵니다."

"무서움에 시달린다?"

"그러하옵니다. 무서운 마음을 무서운 괴물 이야기로 풀어내 표현하는 것이옵니다. 괴물 같은 무엇인가가 자신들을 괴롭히고 있다는 생각이 그런 괴물 이야기를 짓고 즐기는 것입니다. 괴물이란 단순히 강물에 대한 두려움이나 흉흉해진 민심에 대한 공포심일 수 있고, 또 수탈에 대한 두려움일 수도 있고……."

"수탈이라면, 누가 수탈을 한다는 소리냐?"

"그, 그게……."

관청에서 얼마나 많은 갈취를 하고 있는지 또박또박 이르고 싶지만, 노여움만 살 것 같아 말을 돌렸다.

"그, 그러니까, 해적들이 방화를 저지르거나, 무역상들이 물건을 독점하는 데서 오는 불만이 그런 괴물 이야기를 만드는 것일 수도 있다는 뜻이옵니다."

애써 돌려 설명했지만 코웃음만 칠 뿐이었다.

"이야기 장사꾼답게 답변은 요리조리 잘한다마는, 그래서 너는 털보에게 그런 문란한 이야기까지 지어 준 것이더냐?"

곤장을 치지는 않았지만, 엄포를 놓았다.

"네놈이 저지른 죄는 털보보다 한결 심각하니 쉽게 빠져나갈 생각은 아예 하지도 말거라!"

기수는 그제야 자신이 끌려온 이유가 털보 형이 끌려왔던 일과 연관이 있다는 사실을 눈치챘다.

감옥으로 돌아와 취조당한 내용을 말하자, 사마귀가 혀를 차며 단정했다.

"털보 석방을 위해 형방한테 너무 많은 돈을 풀었나 보구만!"

"그게, 무슨 말이오?"

기수가 묻자, 뻔한 것 아니냐는 표정으로 설명했다.

"털보 석방을 위해 적잖은 돈을 형방한테 쥐여 주었다면서?"

그 돈맛을 본 놈들이, 더 큰 몫을 챙길 작정으로 기수를 옭아맨 것이라는 설명이었다. 털보 형을 빼내려고 건넨 뒷돈이 사실은 기수 자신을 잡아 가둔 셈이었다.

"그럴 리가 있소?"

기수가 믿지 못하자, 제안했다.

"여태 당하고도 모르오?"

매부리코가 반문하곤 조언했다. "내일은 무조건 잘못했다고 빌면서, 뉘우치는 뜻으로 속전을 내놓겠다고 해 보시게."

"속전을 낸다?"

"가능한 한 많이 내놓겠다고 하게. 그들이 원하는 게 그거라면, 분명 태도가 달라질 걸세."

10

다음 날은 왕에 대한 이야기들을 문초받았다. '벌거숭이 임금님 이야기'나 '임금님 귀는 당나귀 귀 이야기' 모두 금지당했다.

심지어 '손가락으로 만지면 모두 금으로 변하는 임금님 이야기'까지도 압수당했다.

"나으리, 그 이야기는 임금님을 욕보이는 이야기가 아니옵니다. 욕심을 갖게 되면 문제가 생긴다는 아주 좋은 교훈을 담은 이야기입니다."

기수가 설명했지만 소용없었다.

"무엇을 담았든, 상감마마를 입에 올리는 짓은 국운과 안보를 뒤흔드는 짓이니라. 네놈은 이러한 사실을 정녕 모른단 말이냐?"

그러면서도 마치 너그럽게 용서해 주듯 말했다.

"다만 이들 이야기는 이미 오래전부터 내려온 옛날이야기라는 점에서 네놈을 문초할 생각은 없다. 하지만……."

대장은 이야기보따리 하나를 가리키며 말했다.

"이런 허무맹랑한 이야기를 지은 놈은 반드시 잡아 참수에 처할 것이다!"

그가 가리킨 이야기는 '왕이 된 남자 이야기'였다. 그것 역시 손님들이 가장 많이 찾는 이야기였다. 암살을 당할까 봐 두려운 겁쟁이 왕이 자신과 닮은 떠돌이 남자를 잡아다 왕처럼 꾸몄다.

그리고 암행을 나갈 때마다 자신은 궁궐에서 유흥을 즐기고 가짜 왕을 내세웠다.

그러면서도 겁쟁이답게 가짜 왕을 내세운 사실이 들통날까 봐 불안해했다. 반면에 가짜 왕은 백성들 말을 하나하나 귀담아 듣고 도와주었다. 덕분에 왕의 인기가 점점 더 높아졌. 하지만 떠돌이 남자는 그만 가짜 삶이 답답해 도망을 나왔다……

"임금을 감히 겁쟁이로 묘사하다니, 오랑캐나 이롭게 할 이런 뻔뻔스런 얘기를 만든 게 어떤 놈인지 이실직고하라!"

대장이 상체까지 바짝 숙여 기수를 노려보았다.

"그 이야기를 들려준 사람은 저도 정확히 기억을 할 수가 없습니다."

기수 대답에 꾸짖듯 언성을 높였다.

"반역 죄인을 숨겨 주려 한다면 네놈 역시 참형을 당할 줄 알렷다?"

기수는 자기 생각을 말했다.

"제가 알기로 그 이야기는 어떤 한 사람이 지었다기보다 옛날이야기가 전해진 것에 불과합니다."

"네, 이놈! 어디에 이런 옛날이야기가 있단 말이냐?"

"'왕자와 거지 이야기'라고 들어 보셨을 줄 압니다. 비슷하게 생긴 왕자와 거지가 만나 호기심 삼아 옷을 바꿔 입는 이야기지요. 그 이야기가 옮기는 사람들 기분에 따라 조금 바뀐 것이옵니다. 때문에 잡아들여야 한다면, 그동안 그 이야기를 옮긴 모든 사람들을 다 잡아들여야 할지 모릅니다."

"허허!"

대장이 혀를 찼다.

"네놈이야말로 말을 미꾸라지처럼 만들어 요리조리 빠져나가려는 솜씨만 좋구나!"

그제야 기수는 그만 말대답을 멈추고 고개를 숙였다.

"아니옵니다. 잘못을 뉘우치고 있사옵니다. 나리께서 허락해 주신다면, 속전이라도 내어 조금이라도 죗값을 치르고 싶사옵니다."

기수가 고하자, 과연 한결 순해진 목소리로 되묻는 것이 아닌가.

"그래, 네놈이 네 잘못을 인정한다는 소리렷다?"

"그, 그러하옵니다."

"그렇다면 앞으로 민심을 흉흉하게 하는 어떤 이야기도 사거나 팔지 않겠다고 약속할 수 있느냐?"

망설였지만 약속하지 않을 수 없었다.

"그, 그렇게 하겠사옵니다."

11

기수는 닷새 만에야 풀려나왔다. 그동안 모아 둔 재산 대부분을 속전과 뒷돈으로 털어 넣은 다음에야 나올 수 있었다. 억울했지만 그렇게 풀려난 것만으로도 다행이었다. 쑥대머리 사내는 사흘째 되는 날 새벽에 끌려 나가 끝내 돌아오지 못했다. 매부리코와 사마귀는 그만 입을 굳게 다문 채 더없이 서글픈 눈으로 기수를 배웅했다.

전신에 장독이 올라 열흘 동안이나 꼼짝없이 누워 지내야 했다. 지팡이에 의지해 가게로 나가 보니, 선우 혼자만 남아서, 맑은 날 구름 그림자가 드리워지는 간격만큼이나 드물게 찾아오는 손님을 받고 있었다. 앉은뱅이책상에는 자신이 쓰다 만 이야기 첫 장이 그대로 펼쳐져 있었다.

기수는 마주 앉아 그것을 한참 동안이나 바라보았다. 그것을 쓸 때만 해도 얼마나 설레었던가. 더없이 행복한 이야기가 만들어질 줄 알았다. 그러나 얼마나 참담한가. 마치 자기 앞날이 얼마나 고생스러울지 알지 못하고 밝게 웃는, 너무 가난한 집에 태어난 갓난아기를 바라보는 기분이었다.

기수는 자기 이야기를 찢어 버리고 싶었다. 하지만 차마 그렇게 하지는 못하고 상자에 넣어 두었다. 아직은 이야기를 시작할 때가 아니지만 이대로 끝내고 싶지도 않았다. 언젠가 기쁜 마음으로 다시 이야기를 하고 싶을 때가 올지 모른다. 과연 그런 날이 올까 싶지만, 상상도 못한 불행이 닥쳤다면, 상상 못한 기회 역시 찾아올지 모를 일이지 않은가.

이야기 중에서도 재미있는 이야기는, 마지막까지 읽어 봐야 비로소 앞서 겪은 일들이 정말로 불행한 일이었는지, 아니면 행운이었는지 드러나지 않던가. 이야기 속의 주인공이 할 수 있는 일이란 끝끝내 포기하지 않고, 앞서 겪은 불운들이 알고 보니 좋은 일을 몰고 오는 행운의 시작으로 변할 때까지 계속 살아 보는 길밖에 없지 않던가.

12

"나는 무섭네."

하지만 털보는 이참에 그만 접고 싶은 눈치였다.

"아무래도 그만둘까 싶네."

"그만두다니요?" 기수가 놀라 물었다.

털보가 시선을 떨어뜨리며 혼잣말하듯 되물었다.

"장작 가게나 그릇 가게를 열면 어떨까?"

어떤 종류의 것이든, 관청에서 더는 시비를 걸지 않는 일이 더 좋을 것 같다는 것이다.

"또 언제 잡혀갈지 모르지 않은가?"

털보가 묻고는 뒷동을 달았다. "태어날 아이를 위해서라도 더는 위험한 일을 하지 않기로 순님에게 약속했네."

"뭐라구요?"

기수는 세상에 이보다 더 좋은 소식은 없다는 표정으로 축하해 주었다.

"아이까지 태어나는데, 더 열심히 해야지, 그만두면 어떡합니까?"

기수가 응원했지만, 이미 결심한 눈치였다.

"이번에는 간신히 풀려났지만, 다음에 쑥대머리 사내처럼 반역죄라도 뒤집어쓰면 어떡할 겐가?"

쑥대머리 사내의 잘린 머리는 아직도 저잣거리 대나무에 그대로 걸려 있었다.

기수가 한숨을 내쉬자, 털보가 말을 이었다.

"이제는 단골도 제법 생겼으니까 무슨 장사를 하든 산 입에 거미줄이야 치겠나 싶네."

기수에게도 권했다.

"자네도 이참에 나랑 같이 다른 장사를 생각해 보는 게 어떻겠나?"

기수도 두렵긴 마찬가지였다.

쑥대머리의 시신을 거두어 묻어 주고 싶었지만, 그랬다가는 일당으로 몰릴까 그러지 못했다.

하지만 그럴수록 이야기만큼은 포기할 수 없었다.

"저놈들 행패를 이대로 보고만 있을 수도 없지 않습니까?"

"일개 장사꾼인 우리가 뭘 어쩌겠는가?"

"이런 때일수록 사람들에게 힘이 되는 이야기를 더 많이 만들어야지요!"

털보가 허, 하고 비웃는 표정을 지었다.

일부러 비웃는다기보다, 평소에도 그렇게 생각해서 자기도 모르게 지어 보이는 표정 같았다.

과연 털보가 화가 나 따지듯 반문했다.

"이야기가 어떻게 힘이 된단 말인가? 게다가 놈들 눈에 조금만 거슬리는 이야기조차 이제 모두 빼앗겼잖은가?"

"그렇긴 합니다."

기수가 한숨을 내쉬곤 말했다.

"하지만 뺏어 간다고 빼앗기게 될까요? 사람들이 공감하는 이야기는 결국 천리마처럼 빠르고 멀리 퍼지게 마련입니다. 이건 누구보다도 형님이 잘 아시지 않습니까?"

기수는 '체 장수 어머니 이야기'가 털보보다 더 빠르게 퍼져서, 털보가 더는 그 이야기를 써먹지 못했던 일을 상기시켰다.

"형님, 우리 이야기를 만듭시다!"

하지만 털보는 털보대로 못내 불안한 눈치였다.

"이보게, 아우. 얼마든지 다른 가게를 낼 수도 있는데, 이렇게까지 이야기 가게만 고집하는 이유가 뭔가?"

기수도 그만 한숨을 내쉬었다.

"저도 잘 모르겠습니다."

하지만, 하고 기수가 되물었다. "이대로 포기하면, 이건 마치 이야기를 시작했다가 중간에 그만둔 꼴이나 마찬가지 아닙니까?"

"나라에서 하는 일인데 어쩌겠는가, 힘없는 우리가 피해 가야지……."

그러자 기수가 다시 반문했다.

"하지만 형님, 이야기 장사는 다른 장사와 다르잖습니까? 우리가 가장 잘할 수 있는 일이고, 우리만 열심히 하면 앞으로도 많은 손님들이 몰릴 겁니다. 그러다 보면 또 어떤 이야기가 어떻게 펼쳐질지 모르는데, 형님은 고작 그릇 가게나 장작 가게 같은, 앞날이 뻔한 장사꾼으로나 살아갈 겁니까?"

기수가 감옥에서부터 곰곰 생각했던 말을 보탰다.

"솔직히 저 자신도 어떡해야 할지 판단이 잘 서지 않았습니다. 하지만 지금까지 내가 겪은 일들이, 사실은 누군가 지어낸 하나의 이야기라면 어떨까? 내가 어떤 이야기의 주인공이고 지금 독자가 이 이야기를 읽고 있는 것이라면 나는 어떻게 해야 할까? 아니, 내가 이 이야기를 읽는 독자라면 주인공이 어떻게 행동하기를 바랄까?"

기수는 털보에게도 생각해 볼 시간을 준 다음, 말을 이었다.

"그러자 이대로 멈추면 안 된다는 게 분명해지더군요. 그러면 이야기가 너무 재미없어서, 아무도 읽지 않을 게 뻔했지요. 힘들어도 주인공이 계속 이야기를 만들어 나가기를 바랄 게 틀림없더라구요. 형님 생각은 어떻습니까? 지금 우리가 여기서 그만 포기해야 하겠수? 그런 이야기의 주인공들을 형님이라면 좋아하겠습니까?"

마침내 기수는 털보를 설득해 이야기 장사를 다시 시작했다. 그러나 그것이 잘한 선택인지 괜한 고집인지는 자신도 확신할 수 없었다.

모든 이야기가 그렇듯, 지금 하는 게 잘하는 것인지 잘못하는 것인지는, 그야말로 이 모든 이야기가 끝날 때까지 두고 봐야 할 터였다.

4부

이야기를 되찾다

1

 다시 가게를 열었다. 필사꾼으로 채용된 선우가 아침마다 좋은 문장과 재미있는 구절을 뽑아 입구에 걸어 놓았다. 하지만 포졸들이 수시로 드나들며 감시하는 바람에 손님이 많지 않았다. 기껏해야 앞서 온 손님이 돌아 나가기 전에, 그다음 손님이 들어와 주는 정도였다.

 털보 형편은 더욱 좋지 않았다. '고아 소녀의 이야기'도 금지당하고, '티격태격 부부 이야기'도 금지당했다. 억울하고 가난한 사람들 이야기는 백성들 마음까지 가난하게 만들고 불만만 키운다는 이유에서였다. 털보는 고작 옛날이야기나 어느 양반 댁에서 벌어진 시어머니와 며느리 싸움 같은 잡다한 이야기만 공연했다.

하루는 독수리 눈매의 나장이 찾아왔다. 기수와 털보를 관아로 데려오라는 지시를 받았다는 것이다. 비록 오랏줄로 묶진 않았지만 다시 갇히게 될까 두려웠다.

동헌에 도착하자 대청마루 위에 정좌한 포도대장이 다그치듯 물었다.

"자네들은 요즘도 괴이쩍은 이야기를 만들고 있는가?"

"그렇지 않사옵니다."

기수와 털보가 고개를 조아리자, 너털웃음을 웃으며 제안했다.

"우리 병사들 사기도 세울 겸, 용감한 포졸들이 산적 패거리를 무찔러 소탕하는 이야기를 만들어 공연해 보면 어떻겠는가?"

즉답을 않자, 포도대장이 언짢은 표정으로 노려보았다.

망설이던 털보가 넙죽 받았다.

"아, 아무렴요, 그러잖아도 저희도 그런 이야기를 만들어서 하면 참 좋겠다고 생각하던 참이었습니다요."

무사히 풀려났지만, 기수는 마음이 내키지 않았다.

"저는 아무래도 못하겠습니다."

"누군 하고 싶어서 하겠다고 한 줄 아는가?"

털보도 투덜거렸다. "그만두자고 했을 때 그만두고, 내 말대로 장작 가게나 차렸으면, 이런 꼴은 면했을 거 아닌가?"

털보는 이야기를 함께 만들기를 바랐다. 하지만 기수는 도무지 그럴 수 없었다.

"형님, 제가 만들고 싶은 이야기는 전혀 다른 것입니다."

기수는 쑥대머리 사내에게서 들은 '징검다리 이야기'를 들려주었다.

"쑥대머리 아저씨에게 꼭 좋은 이야기로 만들어 사람들에게 들려주겠다고 약속했습니다."

"자네 미쳤나?"

털보가 휘둥그레진 눈으로 말렸다.

"그런 이야기를 했다가는 어떤 꼴을 당할 줄 모르고 하는 소린가?"

기수도 잘 알았다.

잘못하면 반역죄로 몰려 쑥대머리 사내와 같은 죽음을 당할 터였다. 그럼에도 쑥대머리 사내의 이야기라면 단숨에 쓸 수 있을 것 같았다. 반면에 포졸 이야기는 도무지 내키지 않았다.

2

 결국 털보 혼자 이야기를 만들었다. 포악한 산적 일당과 싸우는 '용감한 포졸 이야기'였다. 주인공은 산적들과 싸우다 큰 부상을 당하고 만다. 하지만 산적들은 돌봐 주지 않는다. 그럼에도 가족들을 그리워하며 용기를 내어 탈출한다. 위험에 처하긴 하지만 마침내 동료들과 합류하여 산적 소굴을 일망타진한다.

 기수는 별로 기대하지 않았다. 털보 혼자 억지로 만든 이야기여서 재미도 없고 흥미도 당기지 않을 줄 알았다. 하지만 무척 재미있었다. 오랜만의 이야기 공연이어서인지 구경꾼도 많았다. 이야기가 펼쳐지는 내내 구경꾼들 모두 주인공 포졸이 이기면 좋아하고, 지면 안타까워하면서 어서 빨리 산적 일당이 소탕되기를 바랐다.

 세상엔 정말로 나쁜 산적도 있지만, 어쩔 수 없이 산적이 되어 버린 사람도 많다. 또 활빈당처럼 가난한 백성들을 돕는 의적들도 있었다. 하지만 털보 이야기 속에서 산적은 모두 나쁘고, 포졸들은 모두 착하기만 했다. 그럼에도 어째서 산적은 나쁘고 포졸만 착하게 그렸는지 따지는 구경꾼은 없었다.

 심지어 기수 자신도 보는 내내 눈을 떼지 못했다. 포졸과 산적이 싸우는 장면에서는 자기도 모르게 주먹을 쥐고, 주인공이 가족들을 그리워하는 대목에서는 눈시울이 젖었다. 마침내 주인공과 동료 포졸들이 힘을 합쳐 산적 소굴을 쳐부술 때는 절로 탄성과 박수가 터져 나왔다.

 어떤 구경꾼 하나는 털보가 산적 시늉을 내기만 하면 비난하다가, 포졸 시늉을 내는 대목에선 신이 나서 손뼉을 쳤다. 부하 포졸들을 거느리고 구경 온 포도대장도 크게 만족했다. 구경꾼들에게 떡과 술까지 돌리고, 털보에게는 하사금까지 내렸다.

3

 기수 마음은 착잡했다. 털보 형님의 이야기 솜씨가 여전히 훌륭한 사실은 반가웠다. 하지만 포졸들은 모두 선량하고 산적들은 나쁘게만 묘사한 점은 도저히 마음에 들지 않았다. 포도대장이 만족스러워하는 그만큼, 쑥대머리 사내가 보았다면 무척이나 억울해했을 것이다.

구경꾼들은 포졸 주인공이 다치면 싫어하고 산적들이 죽으면 기뻐했다. 심지어 기수 자신조차 주인공 포졸이 이겼으면 하는 마음이 들었다. 새삼 이야기의 힘을 느끼지 않을 수 없었다. 어떤 이야기든, 이야기를 접하는 사람은, 그 이야기 속의 주인공 편을 들고 싶어지는 것이다.

기수가 쓰려는 '징검다리 이야기'도 '용감한 포졸 이야기'와 크게 다르지 않았다. 주인공이 포졸들에게 붙잡혀 본거지를 대라는 고문을 받지만, 가족과 동료들을 위해 끝내 발설하지 않고, 용기를 내어 탈출하는 이야기였다. 기본 줄거리는 털보 이야기와 닮았지만 포졸이 주인공이 아니라 산적이 주인공이었다.

그러나 기수는 모든 산적을 착하게 묘사하고, 모든 포졸은 나쁘게 표현하고 싶지 않았다. 산적 중에도 나쁜 산적이 있고 포졸 중에서도 선량한 포졸이 있는 법이니까. 다만 자신이 이제까지 보고 듣고 겪은 대로 쓰고 싶었다.

사마귀 아저씨처럼 경미한 죄를 짓고도 옥에 갇혀 있는 억울한 사람 모습도 담고, 매부리코처럼 벌을 받아 마땅한 소도둑이지만 장난기 많은 모습도 그대로 담을 것이다. 특히 죽음을 앞두고도 아무도 원망 않던 쑥대머리 사내의 호쾌한 마음을 꼭 보여 주고 싶었다.

무엇보다 통행세를 아끼려고 산길을 돌아가다 다쳐 돌아가신 어머니 같은 불쌍한 백성들의 억울한 마음을 담아 보고 싶었다. 이야기 가게를 차려서 성공한 이야기 따위는 이제 쓰고 싶지 않았다. 그보다는 힘겨운 백성들 이야기를 담아내는 이야기야말로 어머니가 바라고 계실 진짜 이야기 아닐까 싶었다.

4

기수는 집으로 돌아온 즉시 책상에 앉아 붓을 꺼내 들었다. 그리고 다시 첫 문장을 지었다. '옛날 옛날, 어느 먼 옛날, 마음씨 착한 나무꾼이 살았다. 그는 가난했지만 열심히 일하고 정성껏 어머니를 모셨다. 그러던 하루는 나뭇짐을 지고 징검다리를

건너다 그만······.'

 하지만 읽어 보고 마음에 들지 않아 다시 고쳐 썼다. '옛날 옛날, 너무 먼 옛날이어서 아무도 기억 못하는 그런 오랜 옛날에, 마음씨 착한 나무꾼이 살았다. 그는 어머니와 가난하게 살았지만, 콩 한 쪽도 서로 먹기를 양보할 만큼 효성이 깊었다. 그러던 어느 날 나무를 지고 징검다리를 건너다 그만······.'

 기수는 한 문장 한 문장 마음에 들 때까지 다시 고쳐 썼다. 털보 형님의 이야기보다 더 좋은 이야기를 만들고 싶었다. 쑥대머리 사내가 자신에게 들려주었던 이야기보다 더 재미있고 흥미로운 이야기를 만들고 싶었다. 단순히 감옥에서 만난 쑥대머리 사내의 이야기가 아니라, 기수 자신이 다시 태어난다면 살아 보고 싶은 멋진 대장부 이야기로 만들고 싶었다.

 기수는 나무꾼을 장난기 많은 사내로 만들어 보았다가, 다시 효성이 지극한 사내로 만들어 보았다. 혹은 부끄러움을 많이 타는 사내로도 만들어 보았다. 징검다리에서 나동그라져 온몸이 젖게 만들었다가, 그냥 발목까지만 젖은 모습으로 묘사해 보았

다. 바구니를 돌려주다 눈을 마주친 것으로 만들었다가, 눈조차 제대로 마주치지 못한 모습으로도 만들어 보았다.

한 코 한 코 뜨개질하듯 한 문장 한 문장을 정성스레 이어 나갔다. 이렇게도 만들어 보고 저렇게도 만들어 보는 동안, 자신이 미처 생각지 못한 문장이 만들어지고, 자신이 미처 생각지 못한 표현이 나왔다. 기수는 그에게 '꺽정이'라는 이름을 붙여 주었다. 키가 우뚝 크고 정이 많은 사내라는 뜻이었다.

기수 꿈에까지 꺽정이가 나타났다. 꿈속에서 '꺽정이 이야기'를 만든 죄로 붙잡혀 꺽정이와 다를 바 없는 신세가 되었다. 그런가 하면 자신이 꺽정이가 되어 색시와 함께 달아나는 장면을 꿈꾸기도 했다. 꿈속에서 달아나다 돌아보면 함께 달아나던 색시가 문득 어머니로 변해 있기도 했다.

달포 동안 꼬박 매달린 끝에 이야기 절반을 완성시켰다. 꺽정이가 바구니 처녀와 함께 야반도주하는 사연과 산골 벽지에 정착하는 과정, 관군 토벌대에 의해 강제로 이주당하는 대목, 토벌대의 횡포에 항의했다가 쫓기는 대목까지 이르렀다.

관군 토벌대의 행패를 사실 그대로 묘사했다. 무고한 양민을 산적으로 몰아 가두기, 잡아 가둔 양민 재산을 자기 것으로 갈취하기, 항의하는 백성을 산적이 보낸 간첩으로 몰아 고문하기, 사소한 불평을 늘어놓아도 산적이나 활빈당으로 몰아 죽이기, 상부에 부풀려 보고하고 포상을 받아 진급하기…….

5

"무슨 일입니까?"

털보가 하얗게 질린 표정으로 가게를 찾았다.

기수의 인사도 받지 않고 물었다. "자네, 걱정이라고 아는가?"

"아니, 제가 짓고 있는 이야기를 형님이 어떻게……?"

털보가 그럴 줄 알았다는 표정으로 다그쳤다. "아니, 대체 어쩌자고 그런 이야기를 퍼뜨리고 다닌단 말인가?"

"퍼뜨리다니요, 아직 아무에게도 보여 주지 않았습니다."

기수가 말했다. 하지만 짐작 가는 바가 있었다.

불과 사나흘 전이었다.

밤새 이야기를 짓느라 늦잠을 자고 말았다.

가게에 나가 보니 선우가 앉아 있었고, 앉은뱅이책상에는 이야기 원고가 그대로 놓여 있었다.

"무슨 일이더냐?"

"죄송합니다. 청소를 하는 중에 무심코 보다 너무 재미있어서 저도 모르게……."

'꺽정이 이야기'가 펼쳐져 있었다.

"어디까지 보았느냐?"

"꺽정이 야반도주하는 것까지 보았습니다."

다행이었다. 거기까지는 별다른 내용이 들어 있지 않았다.

그러잖아도 관군을 비판하는 내용이 많아지면서 마음이 불안하던 참이었다.

"그만 물러가거라!"

기수가 못마땅한 표정으로 일렀다.

"죄송합니다."

뒷걸음질로 물러나는 선우를 향해 누그러진 목소리로 슬며시 물었다.

"정말로 재미있더냐?"

"네, 궁금해서 손을 놓을 수가 없었습니다."

선우가 서둘러 변명했다. "처음엔 여주인공이 나무꾼을 만나

줄지 말지 궁금하고, 다음엔 둘이 결혼할지 말지 궁금해지더니, 나중엔 함께 달아날 수 있을지 없을지 궁금해져서 계속 눈을 뗄 수가 없었습니다."

말을 마치곤 물었다.

"이제 장차 이 두 사람은 어떻게 되는 건지요?"

"아직은 나도 잘 모른다."

기수는 웃어 보이며 선우를 물리쳤다. 하지만 몰래 뒤를 찾아 읽었나 보았다.

즉시 선우를 불러들였다.

"네가 꺽정이 이야기를 발설하였느냐?"

"그, 그게, 못된 관군들 모습을 보자 너무 울화통이 터져서……."

"누구에게 말했느냐?"

"제일 친한 대장간 칠성이한테만 했습니다. 하지만 아무에게도 말하지 말라고 단단히 일러두었습니다."

"당장 태워 버리게!"

털보가 일렀다. "이야기가 저들 귀에 들어가면 어떤 변고를 치를지 불 보듯 뻔한 일이지 않은가?"

절로 한숨이 나왔다.

틀림없이 이야기 출처를 찾아내려 할 터였다.

"네, 이놈!"

노발대발할 포도대장 모습이 눈에 선했다.

"내 일찍이 너를 가엾이 여겨 방면해 주었거늘, 또다시 이런 해괴망측한 이야기를 만들어 은혜를 원수로 갚는구나!"

이번에 잡히면 정말로 크게 화를 당할 터였다.

"혹시 '꺽정이 이야기'라고 있는가?"

불과 이틀 뒤 손님 하나가 넌지시 물었다

"꺽정이요?"

당황한 선우가 기수 눈치를 살피며 잡아뗐다. "저희 가게엔 그런 이야기 없습니다."

그러자 손님은 눈을 찡긋해 보였다.

"그러지 말고 있으면 좀 주게. 구해라도 보든가?"

선우가 굳은 목소리로 잡아뗐다.

"저희는 모르는 이야기외다. 그런 이야기가 있다는 말도 금시초문입니다."

기수는 그만 안채로 들어가 짐을 꾸렸다. 이대로 간다면 아무래도 하루 이틀 내로 포졸들이 들이닥칠 터였다.

잡혀가면 이번에는 정말로 반역죄로 몰릴 터였다. 쑥대머리 사내와 같은 처지가 될 터였다.

6

그날로 기수는 마을을 빠져나갔다. 우선은 가까운 암자로 몸을 피한 다음 분위기를 지켜볼 심산이었다. 이튿날까지는 아무 일도 일어나지 않았다. 그러나 선우 전갈에 따르면 '꺽정이 이야기'를 찾는 손님들이 그날만 여남은 명이 넘었다는 것이다. 포도대장 귀에까지 들어가는 건 시간문제 같았다.

다음 날 새벽 선우까지 빠져나왔다. 털보에게 안전하다는 전갈을 받기 전까지는 가능한 한 멀리 달아나 있기로 했다. 체 장수로 변장을 한 기수와 선우는 남쪽으로 길을 잡았다. 그들은 마치 아내를 잃고 아들과 둘이 체를 팔아 생계를 이어 가는 부자夫子 체 장수인 양 행동했다.

하지만 마땅한 거처를 마련하지 못해 굴속에서 잠을 청하거나 굶을 때가 많았다.

기수가 한숨을 내쉬었다. "나 때문에 고생이 많구나."

그날은 종일 굶었다.

팔던 체도 다 떨어지고 말았다.

겨우 마을을 만나 먹을 것을 구하자, 노파가 욕설을 퍼부었다.

"아니, 새파랗게 젊은것들이 무슨 동냥질이야, 동냥질이!"

그만 돌아서려는데 구정물까지 내쏟았다.

"정 배가 고프면 이거라도 먹든가!"

동구 밖 토굴에서 하룻밤을 났다. 기수는 참았지만, 어린 선우가 분을 참지 못하고 눈물을 흘렸다.

"나 때문에 너까지 욕을 보는구나."

기수가 달래자, 선우는 선우대로 용서를 빌었다.

"아닙니다. 제가 이야기를 발설하지 않았어도 이 고생을 하지 않으실 텐데……."

"아니다, 이야기를 쓸 때 나는 이미 이런 일이 일어날 수도 있을 거라 각오하고 있었다."

기수가 사과했다.

"너야말로 죄 없이 고생하는 것 같아 미안하구나."

"아닙니다. 어르신 때문이 아니라 인심 고약한 노파 때문에 고생하는 거지요."

선우가 의젓하게 말했다. 말하고 나니까 새삼 화가 나는지 목청을 높여 투덜거렸다.

"아니, 동네에서 제일 번듯한 집에 살면서 그렇게 고약하게 굴다니, 정말이지 못된 노파입니다요!"

생각할수록 화가 나는지 한마디 더 보탰다.

"저런 노파는 죽어 천벌을 받아야 합니다!"

기수가 선우 어깨를 토닥인 다음, 보따리에서 콩을 꺼냈다.

볶은 콩이었다. 만약을 위해 아껴 둔 것이었다. 기수가 하나 집어 먹으면 선우도 하나 집어 먹었다.

한 주먹뿐이지만, 그래서인지 더없이 달았다.

"어떠냐?"

"맛있습니다."

선우가 말했다.

"볶은 콩이 이렇게 고소하고 단 줄은 몰랐습니다."

기수도 동의했다. "그렇구나, 종일 굶은 탓인지 무척 달고 고소하구나."

그런 다음 물었다.

"내가 제일 맛있게 마신 물이 어떤 물인 줄 아느냐?"

잠시 멈추었다가 선우가 궁금한 표정으로 쳐다보자 말했다.

"감옥에 갇혔을 때 마신 물이었다."

기수가 말하곤 보탰다.

"세상의 어떤 꿀물보다도 달게 느껴지더구나."

말하곤 선우야, 하고 나직이 불렀다. 선우가 쳐다보자 당부했다. "이야기를 함부로 만들지 말거라."

무슨 뜻인지 모르겠다는 표정으로 선우가 쳐다보았다.

기수가 잡은 손을 꼭 쥐며 말했다.

"어쩌면 우리는 오늘 고생을 한 게 아닌지 모른다. 노파 덕분에 차라리 세상에서 제일 맛있는 콩을 먹어 본 날인지 모른다. 그러니 그가 천벌을 받아야 할 이유가 없는지 모른다."

선우가 투덜거렸다.

"하지만 저는 그 노파를 잊지 못할 것 같습니다."

기수가 웃었다.

"나도 그렇긴 하구나."

7

기수를 수배하는 방이 역참마다 나붙었다. 꺽정이 이야기로 민심을 흉흉케 하고 화적 떼를 미화하여 반란을 꾀했다는 죄목이었다. 기수는 더 깊은 산골로만 숨어 다녔다. 산골 사람들은 다행히 아직 아무것도 모르는 눈치였다. 의심 없이 반겨 줄 뿐 아니라, 재미난 이야기를 많이 알고 있다 보니 인기가 좋았다.

저녁을 먹고 나면 누워서 구름에 달 가는 모양이나 바라보는 것밖에 달리 할 일이 없는 시골 사람들에게, 기수와 선우가 알고 있는 무궁무진한 이야기들은 마치 처음 접하는 이동하는 도서관 같은 것이었다. 어떤 마을에서는 하룻밤만 더 묵어가라고 청하며, 밀주나 부침개 같은 먹을거리까지 푸짐하게 대접했다.

그러던 어느 날 누군가 불쑥 물었다.

"혹시 '꺽정이 이야기'도 해 줄 수 있소?"

선우가 하얗게 질렸으나 기수가 짐짓 처음 들어 본다는 표정으로 반문했다.

"……꺽정이 이야기라니요?"

다른 누군가 끼어들었다. "아니, 요즘 세상을 떠들썩하게 하는 꺽정이도 모른단 말이오?"

"드, 듣기는 들어 보았소만, 정확히 어떤 이야기인지는 잘 모르겠소."

4부 이야기를 되찾다

"꺽정이라는 이야기꾼이 있다고 하오!"

또 다른 누군가 아는 체했다.

어떤 사람은 이야기에 나오는 주인공이라 하고, 또 다른 사람은 실제로 존재하는 산적 이름이라 주장했다.

"꺽정이는 이야기꾼 이름이 아니라, 관군들에게 붙잡혔다가 탈출한 산적 우두머리 이름이라 합디다!"

"지금 나라에선 달아난 꺽정이를 잡으려고들 난리랍니다."

기수와 선우는 눈길을 주고받으며 안심하고 웃을 수 있었다.

그러나 불과 보름도 지나지 않아 산골 사람들조차 꺽정이 이야기를 모르는 사람이 없었다.

"꺽정이라는 사람이 어떤 사람이오?"

기수가 짐짓 시치미 떼고 물어보자, 그것도 모르냐는 편잔을 주며 설명해 주었다.

"본래는 나무꾼이었다는데, 토벌대가 저지르는 못된 짓을 막아 냈다고 합디다."

사람들마다 꺽정이에 대한 설명이 조금씩 달랐다.

"내가 듣기로는 토벌대에 잡힌 활빈당원이라고 하던데……."

"부모 말 안 듣고 야반도주한 놈이라는 말도 있더만?"

"웬걸요, 활빈당 두목이랍디다!"

꺽정이 이야기가 여러 형태로 바뀌어 돌아다니는 모양이었다.

"아무래도 꺽정이라는 사람이 정말로 있는 게 아닐까요?"

선우조차 헷갈리는 표정으로 물었다.

"어째서 그렇게 생각하느냐?"

기수가 웃으며 반문하자, 선우가 되물었다.

"저희가 도착하기도 전에 이런 산골 사람들이 꺽정이 이야기를 안다는 게 아무래도 이상하지 않습니까?"

"본래 발 없는 말이 천 리를 간다 하지 않더냐."

기수는 '체 장수 어머니 이야기'가 털보보다 더 빨리 퍼져서 털보가 더는 이야기를 사용하지 못했던 일을 들려주었다.

그러곤 말했다.

"사람들에게 공감을 불러일으키는 말은 천리마보다 빠르게 퍼져 나가는 법이지."

8

달아나는 중에도 기수는 틈나는 대로 붓을 들어 이야기를 이어 갔다. 남은 이야기를 서둘러 완성하고 싶었다. 꺽정이 이야기가 허황된 소문들로 채워지기 전에, 멋진 꺽정이 이야기를 만들어 세상 사람들에게 전해 주고 싶었다. 급하게 달아나느라 기수 이야기 속의 꺽정이는 군졸들에 의해 강제 이주를 당하는 대목에서 그대로 멈춰 있었다.

쑥대머리 사내에게 들은 이야기대로 하면 꺽정이가 군졸들 행패에 맞서다 달아나야 했다. 하지만 기수는 체 장수로 가장하고 산골 마을로 다니며 남쪽으로 내려가게 만들었다. 체 장수로 가장하고 남쪽으로 도망치는 꺽정이 모습은, 기수 자신의 모습이기도 해서 묘사하기 어렵지 않았다. 도망치며 만난 풍경이나 사람들 이야기를 그대로 넣을 수 있었다.

기수가 짓고 있는 '꺽정이 이야기' 속의 시골 사람들은, 실제 꺽정이를 자기 눈으로 보고도 그가 체 장수인 줄만 알고 꺽정이에 대한 이런저런 추측들을 일삼았다.
"내가 듣기로는 토벌대에 잡힌 활빈당원이라고 하던데……."
"부모 말 안 듣고 야반도주한 놈이라는 말도 있더만?"
"웬걸요, 활빈당 두목이랍디다!"

"기왕이면, 저도 넣어 주십시오."

실제로 만난 사람들 모습이 이야기 속에 그대로 나오자, 선우가 졸랐다.

"그래, 어디에 넣어 주면 좋겠느냐?"

기수가 인심 좋게 받았다. "여기 나오는 마을 사람들 중에 하나로 넣어 줄까?"

그러자 선우는 머리를 긁적이며 부탁했다.

"기왕이면 꺽정이 두목과 제일 가까운 사이로 넣어 주십시오."

기수는 꺽정이가 달아나다가 만난 고아 소년에게 선우라는 이름을 붙여 주었다.

그렇게 해서 기수와 선우가 함께 달아나듯, 꺽정이 역시 선우라는 소년과 함께 달아나는 이야기가 되었다.

"제가 이야기 속에 들어가 있다니 참으로 신기합니다!"

선우가 감격스런 표정으로 말했다.

기수가 웃으며 격려했다.

"이 이야기가 세상에 남는 한, 네 이름도 함께 남을 것이다. 그러니 부끄럽지 않은 사람이 되거라."

"행복한 이야기로 끝났으면 좋겠습니다!"

"나도 그랬으면 좋겠구나!"

"주인 나리가 짓는 이야기니까 주인 나리 마음대로 하면 되지 않나요?"

"내 마음대로 맺을 수 있다면 나도 더없이 좋겠구나."

기수가 웃고 나서 혼잣말하듯 중얼거렸다.

"어떻게 될지는 하늘만 알 게다!"

9

 기수와 선우는 좀 더 남쪽으로 내려갔다. 그리고 더욱 깊은 산골 마을로만 다녔다. 그런데도 어디를 가나 꺽정이를 모르는 사람이 없었다. 그들 중에는 꺽정이가 정말로 살아 있는 인물이며, 실제로 나타났다고 주장하는 사람도 있었다. 꺽정이라는 활빈당 우두머리가 있는데, 부하 수백 명을 거느리고 부잣집 곳간을 털어 가난한 사람들을 도와주었다는 것이다.

기수는 그 역시 누군가 지어낸 이야기려니 여겼다. 무서움을 타는 아이가 괴물 나오는 이야기를 상상하듯 답답한 현실을 사는 백성들이 꺽정이라는 영웅 이야기를 상상하는 줄 알았다. 하지만 자세히 들어 보니, 그게 아니었다. 정말로 꺽정이라는 활빈당 두목이 나타났으며, 끼니를 굶는 움막집마다 곡식 자루를 놓아두고 사라졌다는 것이다.

찾아가 보니, 과연 꺽정이가 다녀갔다는 최 부잣집 대문에 꺽정이가 남기고 간 발령장이 그대로 남아 있었다.

굶는 사람들을 위해 곡식을 가져가니 그런 줄 알라!
-꺽정이

"대체 이게 어찌 된 걸까요?"
선우가 놀라 물었다.
"글쎄다, 누군가 꺽정이 흉내를 내는 것 같구나."
기수 이야기 속의 꺽정이는 이제 막 활빈당 산채에 합류하여 앞으로 어떻게 할지 고민하는 중이었다.
그런데 실제로 꺽정이 나타나 못된 부자들 재산을 빼앗아 가난한 사람들을 돕고 있다니, 참으로 놀라운 일이었다.

"아무래도 저 발령장을 남긴 무리를 찾아가 만나 봐야 할 것 같구나."

기수가 길을 재촉했다.

"만나서 어떡하시려구요?"

선우가 뛰다시피 뒤따르며 물었다.

"내 이야기 속의 꺽정이를 장차 어떤 모습으로 그려야 좋을지 직접 살펴봐야겠다."

그러잖아도 활빈당 본거지를 직접 보고 싶던 차였다. 쑥대머리 사내에게서 들은, 더없이 선량한 사람들이 사는 활빈당 마을 모습을 직접 보고 싶었다.

"괜히 봉변만 당하는 거 아닐까요?"

따라가긴 가지만 가기 싫은 기색이 역력한 표정으로 선우가 물었다.

"살면서 내가 한 일 중에 가장 잘한 일이길 바랄 뿐이다."

기수는 쑥대머리 말을 흉내 내어 선우를 달랬다.

10

활빈당 산채를 찾는 일은 쉽지 않았다.

길에서 만나는 나무꾼이나 심마니에게 넌지시 물어보았지만, 아무도 알지 못했다. 혹은 알려 주지 않았다.

도리어 기수와 선우를 수상쩍게 여긴 촌로가 동네 장정들을 풀어놓는 바람에, 줄행랑을 놓아야 했다.

그 바람에 그만 너무 깊은 산중으로 들어가 버렸다.

하지만 길이 있는 한 더 깊은 산중으로 들어가 보기로 했다.

가파른 계곡을 타고 산골짜기를 거슬러 들어가자 차츰 폭이 좁아지더니 그마저 드문드문 끊겨 있었다.

그러고도 하루를 꼬박 더 들어가 보았다.

마침내 사람 발자국마저 끊겼다.

길이 그대로 끊겨 있었다.

"멈춰라."

그만 포기하고 돌아가려는데 목소리가 허공에 울렸다.

사방을 둘러보았지만 모습은 보이지 않고 목소리만 쩌렁쩌렁 울렸다.

"어떤 놈들이기에 이 시간에 이렇게 깊은 산속까지 들어왔느냐?"

아마도 나무 기둥에 몸을 숨기고 있는 듯했다.

"활빈당 꺽정이를 만나러 왔소!"

기수가 소리쳤다.

복면한 사내가 하늘에서 떨어지듯 내려왔다.

동시에 날아가는 새 그림자라도 벨 것 같은 빠른 손놀림으로 칼을 뽑아 기수 목을 겨눴다.

"감히 여기가 어디라고 네깟 놈들이 꺽정이 형님을 찾는 게냐?"

"우, 우리 어르신이 바로 꺽정이 이야기를 지은 사람이오!"

선우가 대신 대답했다.

"……꺽정이 이야기를 지은 사람?"

"그, 그렇소. 그래서 꺽정이를 만나러 온 것이오!"

"만나 무얼 하겠다는 것이냐?"

"꺽정이 이야기를 완성하고 싶소."

기수가 대답하자, 복면의 사내가 되물었다.

"이야기?"

"그렇소, 직접 만나서 내가 바라는 꺽정이 모습이라면 기꺼이

내 이야기 속의 주인공으로 삼을 것이오. 하지만 그렇지 못하면 더는 꺽정이라는 이름을 쓰지 말라 이를 것이오."

복면을 한 사내가 껄껄 웃더니 단호하게 잘랐다.

"돌아가거라!"

칼끝으로 기수 가슴을 밀어내며 말했다.

"우리는 그따위 이야기나 만들 만큼 한가하지가 않다!"

하지만 기수는 물러나지 않았다.

"물러날 수 없소. 우리에겐 매우 중한 일이오."

칼끝이 옷자락을 뚫고 가슴팍을 찌르는데도 기수는 한 치도 물러서지 않았다.

마침내 옷자락에 피가 맺혔다.

그럼에도 기수는 한 치도 물러나지 않은 채 단호히 말했다.

"내 이야기 속의 꺽정이는 사람이 곧 하늘이라 했소. 하지만 이렇게 사람을 함부로 대하는 걸 보니, 잘못 찾아왔나 보구려!"

그제야 복면의 목소리가 누그러졌.

"들어갈 땐 마음대로 들어갈 수 있을지 몰라도, 나올 때는 마음대로 나올 수 없다."

복면이 칼을 넣으며 물었다.

"그래도 들어가겠느냐?"

11

안대로 눈을 가리고 포박을 당한 채 꼬박 반나절을 더 걸어 들어갔다. 헛디뎌 넘어지고, 미끄러져 주저앉고, 부딪쳐 비틀거린 끝에 겨우 도착해 보니, 안대를 풀고도 여전히 눈을 가린 것처럼 캄캄했다. 다만 별들이 손을 뻗으면 닿을 듯한 거리에서 반짝거리고 있었다. 너무 가까워 햇불만 더 들어 올리면 별의 생김새까지 하나하나 살필 수 있을 것 같았다.

그들은 기수와 선우를 토방에 밀어 둔 채 한참 동안 아무 기별도 없었다. 다만 마실 물 한 바가지를 넣어 주고 돌아갔을 뿐이었다. 그러잖아도 갈증이 나 더없이 달게 마셨다. 갈증이 풀리자 피곤과 함께 풀벌레 소리가 밀려왔다. 울음이 무척이나 깊고 선명했다. 마치 풀벌레 나라에 들어온 기분이 들 정도였다. 이렇게 가만히 앉아 다만 풀벌레 소리에 귀를 기울여 본 게 얼마만인가 싶었다.

마침내 굵직한 목소리가 두런두런 가까워지더니 사내들 서넛이 들어섰다. 햇불로 인해 얼굴 표정과 윤곽이 거칠게 일렁이며 드러났다 사라졌다. 그림자가 그들 뒤로 더욱 크게 눕거나 일렁이거나 흔들려 마치 서너 배쯤 더 많은 사람들이 둘러싼 것처럼 느껴졌다. 기수와 선우 얼굴에는 웃음기가 진작에 가셨다.

"꺽정이를 찾는다 했소?"

그중 가장 나이 들어 보이는 사내가 물었다.

"그렇습니다."

"여기는 그런 사람 없소."

"당신들이 '꺽정이'라는 발령장으로 최 부잣집 곳간을 털지 않았습니까?"

"관군들을 교란시키려고 사용한 것일 뿐이오."

"본래 꺽정이는 내가 짓고 있는 이야기의 주인공 이름입니다."

기수가 '꺽정이 이야기'를 짓게 된 사연을 말했다.

"아무래도 득보 형님 얘기 같습니다요?"

이마에 칼자국이 선명한 사내가 끼어들었다. 복면을 썼던 사내였다.

"그런 것 같구먼."

나이 든 사내가 고개를 주억거렸다.

아마 쑥대머리 아저씨의 본명이 득보인가 보았다.

그때 또 다른 사내들이 들어섰다. 그중 하나가 놀란 표정으로 다가섰다.

"아니, 이야기 장수 아닌가?"

놀라 쳐다보니 사마귀 아저씨였다. 뒤에는 매부리코 아저씨까지 웃고 있었다.

"바로 찾아오긴 왔군요!"

그들이 옥에서 풀려나와 활빈당을 찾아간다는 말에 노잣돈을 보태 준 적이 있었다.

서로 손을 잡고 한동안 놓을 줄을 몰랐다.

"아는 사이였더냐?"

그중에서도 가장 늦게 들어선 사내가 물었다.

그가 들어서자 다들 고개를 조아리는 것으로 보아 우두머리 같았다. 서글서글한 눈매를 가진 사내였다. 평소 칼이나 힘보다는 농담이나 장난을 더 좋아할 것 같았다.

사마귀 아저씨가 나서 그간의 사연을 설명해 주었다.

사내가 웃으며 악수를 청했다.

"마중군이오."

눈주름이 잡히자 서글서글한 눈매가 더욱 다정해 보였다.

"이야기 장수 전기수입니다."

쑥대머리 득보에게 전해 들은 이야기를 바탕으로 '꺽정이 이야기'를 짓고 있다는 설명에 놀라는 표정이었다.

"득보 형님은 나와 호형호제하고 지내던 사이였소!"

기수 어깨를 반갑게 두드려 주기까지 했다.

"형님의 육신은 참수를 면치 못했는데, 당신 덕분에 영혼만큼은 '꺽정이 이야기'라는 불멸의 안식처를 구했구려!"

두령이 반기자, 다른 사람들도 모두 반기는 웃음을 지어 보였다.

선우는 우쭐한 표정으로 기수 손을 잡았다.

칼자국만은 웃지 않았다.

5부

이야기를 살다

1

몸도 마음도 무척 고단했던 모양이다. 기수도 선우도 늦잠을 잤다. 해가 솟아 그림자가 짧아질 대로 짧아졌다가, 다시 길어지기 시작할 즈음에야 눈을 떴다. 토방 문을 열자 앞산 가득 난반사된 햇살에 눈이 부셨다. 차츰 눈에 익자, 오십여 채 남짓한 움막과 너와집들이 들어왔다.

산비탈을 따라 삼삼오오 흩어져 있는 모습이 마치 한가로이 풀을 뜯고 나서 휴식을 취하는 가축들 같아 보였다. 작은 움막과 허름한 너와집뿐이어서 궁핍해 보이긴 했지만, 샘가에서 도란도란 빨래하는 모습이며, 정자나무에 모여 노는 아이들 모습까지 여느 마을처럼 평화롭기 그지없었다.

그들은 기수와 선우를 보고도 별로 경계하지 않았다. 개들조차 꼬리부터 흔들어 보일 만큼 순했다. 개울가로 내려가 세수를 하자 호기심 가득한 표정의 꼬마들 예닐곱 명이 일정한 거리를 두고 쫓아왔다. 기수가 돌아보자 궁금한 표정으로 웃어 보였다. 사람을 경계할 만큼 나쁜 사람을 경험해 본 적이 없는 얼굴들이었다. 여러 마을을 떠돈 경험에 따르면, 얼마나 살기 좋은 동네인지는 아이들이 낯선 손님을 대하는 표정에서 가장 잘 나타난다.

기수가 짐짓 얼굴을 찡그려 무서운 표정을 지어 보였다. 그런데도 아이들은 달아나기는커녕 장난 거는 줄 알고 저희들도 따라서 흉내를 냈다. 기수가 코를 찡그려 보이면 저희들도 찡그려 보이고, 기수가 혀를 빼물면 저희들도 혀를 빼물었다. 이놈들! 하고 잡으러 가는 시늉을 하자 그때서야 물고기 떼처럼 재빨리 흩어져 달아났다.

하지만 한눈팔고 있으면 어느새 다시 모여 뒤따라왔다. 그러

곧 기수가 쳐다볼 때마다 자글자글한 눈웃음으로 쳐다보았다. 마치 이 동네에는 그들만큼 호기심이 당기는 장난거리가 없다는 듯이. 결국 녀석들과 어울려 노는 것으로 첫날을 보냈다. 함께 숨바꼭질도 하고, 무동도 태워 주고, 씨름도 하고, 물고기도 잡고……

2

활빈당 은거지는 뒷산 골짜기 안에 따로 숨어 있었다. 가족들이 있는 활빈당원들은 마을에서 가족들과 농사지으며 살다 훈련과 전투가 있을 때만 참여했다. 반면 가족이 없는 당원들은 골짜기 산채로 들어가 살았다. 빼곡한 삼나무와 가파른 바위 벼랑으로 은폐되어 있는 산채는 군사 훈련도 받고 무술 연습도 하느라 긴장감이 돌았다.

기수도 선우도 산채에서 생활하며 군사 훈련과 무술 연습을 익혔다. 매부리코가 가르쳐 주는 대로 활 쏘는 연습도 하고 칼을 다루는 방법도 배웠다. 기수보다 어린 선우가 더 빨리 익혔다. 함께 떠나온 지 불과 반년밖에 지나지 않았는데, 그새 키도 수염도 부쩍 자라 한결 어른스러워 보였다. 반면 기수는 훈련 중에도 꺽정이 생각뿐이었다. '꺽정이 이야기'를 어떻게 완성시켜야 좋을까 하는 궁리뿐이었다.

마침내 첫 번째 출정이 잡혔다. 고을 사또가 백성들에게 뺏은 재물을 한양의 더 높은 벼슬아치에게 상납하러 간다는 첩보를 입수한 것이다. 실전 경험이 없는 기수와 선우는 맨 뒷줄에 배치되었다. 그럼에도 선우는 맨 앞에 선 듯이 긴장한 표정이었다. 기수는 '꺽정이 이야기'에 넣기 위해, 이동 경로와 풍경을 하나하나 놓치지 않고 눈에 담았다.

대숲을 지날 때 바람 소리, 개울을 건널 때 반짝이던 자갈 물소리, 발자국 소리에 놀라 일제히 하늘로 날아올랐다가 다시 내려앉는 박새 떼, 건너편 산자락을 구불구불 쓰다듬으며 흘러가는 구름 그림자까지, 기수는 놓치지 않고 새겨 두었다. 자신이 보고 겪은 그대로 이야기에 넣을 생각을 하자, 마치 꺽정이 이야기 속으로 들어가고 있는 기분이었다.

바위 뒤에 매복하고 기다리자 사내들 여남은 명이 재를 넘어왔다. 얼핏 보부상으로 보이는 그들은, 서로 아무런 농담도 얘기도 나누지 않은 채 걸음을 서둘렀다.

두령이 신호를 보내자, 나무 위에서 엿보고 있던 칼자국이 그들 코앞으로 뛰어내렸다.

"멈춰라!"

놀라 뒷걸음질로 물러섰다.

"가지고 있는 짐들을 모두 내려놓거라!"

칼자국이 명령하자, 겁을 잔뜩 집어먹은 표정이면서도 버텼다.

"장사할 물건들입니다. 이게 없으면 저희들은 당장 생계가 끊깁니다요."

정말로 생계를 걱정하는 장사치 표정이었다. 하지만 짐 속에서 칼을 뽑아 들었다.

그중 하나가 칼자국의 옆구리 깊숙이 박힐 뻔했다. 하지만 두령의 단도가 먼저 놈의 손목에 꽂혔다.

새들이 놀라 날아올랐다. 창공을 한 바퀴 돌고 내려앉기도 전에 절반이 베이고 서넛은 달아났다.

두엇은 생포되었다.

적잖은 패물과 엽전 꾸러미가 쏟아져 나왔다.

"이래도 장사 물건이라 속일 테냐?"

그제야 굽신거렸다.

"잘못했습니다. 저희는 그저 심부름값을 넉넉히 쳐준다기에 맡았을 뿐입니다요."

그러나 칼자국은 칼을 빼 들었다.

동시에 두령이 칼자국의 팔을 잡았다.

"그냥 둡시다!"

"살려서 돌려보내면 우리 모습을 밀고하려 들 것입니다."

칼자국이 두령에게 말했다.

두령은 서글서글한 눈으로 일렀다.

"우리 일은 사람을 살리려 하는 일이지 사람을 죽이려고 하는 일이 아니잖소."

두령이 눈짓하자 그만 길을 열어 주었다.

놈들이 줄행랑을 놓았다.

3

다음 날은 산을 내려갔다. 빼앗은 것들을 가난한 사람들에게 나눠 주기 위해서였다. 아니, 돌려주기 위해서였다. 기수와 선우는 사마귀 아저씨를 따라 바닷가 마을에 도착했다. 노인 혼자 살고 있는 외딴집, 아이들만 지내는 움막, 환자가 있어 생활이 어려운 흙담집, 거지들이 모여 사는 거적때기 원두막 등을 다니며 돈이나 곡식을 놓아두었다.

주변의 가난한 사람들과 함께 나누시오. -걱정이

사람들 시선을 피해 날이 저물기를 기다렸다가 마치 도둑질이라도 하듯 몰래 들어가 두고 나왔다. 그런데 돌아 나올 때는 정말로 도둑질이라도 한 듯 무언가를 얻어 나오는 기분이었다. 인기척에 내다본 집주인이 문 앞에 놓여 있는 뜻밖의 물건을 보고 기뻐하는 모습을 멀찍이 지켜볼 때는 자신이 정말로 걱정이라도 된 듯이 뿌듯했다.

막사로 돌아온 기수는 자신이 경험한 일들을 하나하나 적어 보았다. 장사치로 위장한 심부름꾼 녀석들이 갑자기 칼을 뽑아 드는 장면에서는 또다시 심장이 뛰었다. 그는 꺽정이를 등장시켜 그들을 일거에 제압한 다음, 모두 살려 주도록 만들었다. 바닷가 마을로 내려가 가난한 사람들을 도울 때는 사람들이 고마워하자 꺽정이가 눈시울 훔치는 장면으로 만들면서, 자신도 다시 눈가를 훔쳤다.

자신이 활빈당을 찾은 이유는 다만 '꺽정이 이야기'를 보다 훌륭하게 완성시키기 위해서였다. 하지만 당원이 되어 못된 관리들의 재물을 빼앗을 때는 긴장도 되고 스스로 꺽정이라도 된 듯이 통쾌했다. 가난한 사람들을 도와주는 경험을 할 때는 이제까지 생각도 못했던 값진 보람까지 느낄 수 있었다.

이야기를 만든다는 건 이런 것일까. 어떤 이야기를 마음속으로 받아들이면, 그다음엔 그 이야기가 그 사람을 이야기 안으로 받아들이는 것일까. 기수는 새삼 이야기를 만들어 가는 재미를 느꼈다. 자신의 '꺽정이 이야기'를 빨리 완성하여 사람들에게 보여 주고 싶었다. 자신이 경험한 것들을 보다 많은 이들과 함께 나누고 싶었다.

4

산등성이를 타고 사흘이나 이동했다. 날이 갈수록 좁혀져 오는 토벌대의 감시망을 따돌리기 위해 일부러 은거지로부터 멀리 떨어진 고을의 관아를 털기로 한 것이다. 그러나 도착해 보니 경계가 만만치 않았다. 결국 두령은 인근에서 가장 악독하다는 양반집으로 발령장을 보냈다.

오늘 밤 축시丑時까지 오천 냥을 마즈막재로 가져오시오.
그렇지 않으면 더욱 큰 화를 면치 못할 것이다. ─꺽정이

그러나 그것은 유인책일 뿐이었다. 날이 저물자 군졸들이 마즈막재 쪽으로 은밀하게 이동하는 모습이 포착되었다. 두령은 칼자국에게 그들을 유인하는 임무를 맡겼다. 그사이 두령은 관아를 덮쳐 무기와 식량을 빼앗을 계획이었다. 밤길을 다만 희미하게 드러나는 앞사람 등만 보고 뒤따랐다. 발소리를 낮출 때마다 주변의 풀벌레 소리가 선명하게 살아났다.

마즈막재에 다다르자 칼자국은 작전에 따라 당원들을 배치시

컸다.

"나와 억쇠가 놈들을 유인하겠소. 놈들을 따돌린 다음 벼랑 쪽으로 달아날 테니 매부리코와 사마귀 형님은 미리 올라가 있다가 밧줄을 내려 주시오. 재봉 형님은 매복하고 있다가 화승총으로 겁을 주시오."

기수와 선우는 매부리코와 사마귀를 따라 벼랑 위로 올라가 밧줄을 내려 두었다. 하지만 인시寅時가 되도록 아무 기척도 없었다. 벼랑을 따라 바람만 드셌다. 소쩍새 울음만 그칠 듯 그칠 듯 이어졌다. 하늘에는 풀벌레 소리만큼이나 별들로 빼곡했다. 가만히 올려다보고 있자니까 별똥별이 하나 떨어졌다. 그리고 또 하나가 떨어졌다. 이제 더는 떨어지지 않으려나 보다 하는 시간이 지나고 나면, 어김없이 또 하나가 떨어졌다.

별똥별만큼이나 멀리서 북소리가 울렸다. 드디어 군졸들이 추적해 오는 모양이었다. 아니, 칼자국이 군졸들을 유인해 오고 있었다. 점점 가까이 오는가 싶더니 마침내 칼자국이 벼랑 아래 모습을 드러냈다. 낙오자 없이 밧줄을 타고 올라왔다. 모두 오르자 기수와 선우는 밧줄을 잘라 버렸다. 동시에 잘린 밧줄이 벼랑 아래로 떨어지는 것처럼 빠른 속도로 달아나기 시작했다.

건너편 골짜기에서 화승총 소리가 울렸다. 재봉 형님이 군졸들을 유인하는 모양이었다. 하지만 잠시 멀어지는가 싶던 북소리가 다시금 가까워지더니, 협곡으로 들어서자 메아리가 져서 사방에서 울렸다. 마치 포위라도 된 듯이.

"아무래도 저 북소리를 따돌려야겠소."

사마귀가 제안했다.

북을 찢거나 빼앗아 다른 방향으로 유인하겠다는 것이다.

"나도 가겠네."

매부리코도 지원했다.

"혼자서는 아무래도 너무 위험하네!"

결국 기수와 선우도 지원했다.

"저희도 가겠습니다!"

5

"내가 불화살을 쏘겠소."

사마귀가 제안했다.

그 불빛에 의지해 북을 겨누라는 것이다.

"그렇지만 아저씨의 위치 또한 저들에게 발각되지 않을까요?"

선우가 말했지만, 그가 고집했다.

"달리 묘책이 없네."

어둠 속에서도 군졸들은 일사불란하게 움직였다.

아마도 북소리 장단에 따라 암호를 맞춰 놓은 모양이었다.

북소리가 멈추면 혼란에 빠질 터였다. 하지만 어둠이 너무 깊어 정확한 위치를 파악할 수 없었다.

사마귀 아저씨가 숲 뒤로 사라지는가 싶더니, 잠시 후 불화살이 공중으로 솟았다.

동시에 군졸들 모습이 흐릿하게 드러났다.

그중에서도 둥글게 드러난 북을 향해 일행은 일제히 활시위를 당겼다.

어둑한 허공 속으로 부싯돌 긋는 소리가 명멸했다.

동시에 북소리가 더는 울리지 않았다.

명중한 것이다.

하지만 군졸들 화살이 메아리라도 되는 듯이 날아들었다.

일행은 재빨리 달아나기 시작했다.

방금까지 동료들이 딛고 섰던 자리에 화살이 꽂히는 것을 보며 기수도 내달렸다.

자신의 발자국 소리마저 뒤처질 만큼 빠르게 달렸다.

헛디뎌 미끄러지기도 하고 잘못 디뎌 구르기도 했지만 그대로 다시 일어나 내달렸다.

일순간도 멈추지 않고 달리고 또 달렸다. 자신들을 쫓는 군졸들의 고함 소리 또한 바짝 뒤쫓아 왔다.

바위를 건너뛰고 개울을 건넜다. 덩굴을 지나치고 벼랑을 기어오르고 뛰어내렸다.

가파른 돌밭을 지날 때는 딛는 곳마다 와르르 돌무더기 무너지는 소리가 흘러내렸다.

소나무 숲에 다다라서야 뒤쫓아 오는 소리가 끊겼다.

다들 솔밭에 대大자로 뻗어 숨을 몰았다.

하마터면 죽을 뻔했지만, 선우가 왼쪽 발목을 삐끗한 것 외에는 모두들 무사했다.

사마귀 아저씨의 생사만큼은 알 길이 없었다.

여명이 트고 있었다.

재재거리는 새벽 산새 소리가 시끄러웠다.

그대로 누워 새소리를 듣고 있자니까 밤새 겪은 일들이 꿈처럼 아득했다.

마침내 첩첩이 이어진 산자락과 봉우리들이 난바다의 파도처럼 모습을 드러냈다.

다람쥐 한 마리가 태평스레 곁을 지나갔다.

하마터면 밤새 죽을 뻔한 일들이 도무지 믿어지지 않을 만큼 맑고 평화로운 아침이었다.

기수는 계곡으로 내려가 세수했다.

새로 태어난 기분이었다.

6

칼자국과 합류하여 빽빽한 숲 그늘을 따라 달아났다. 하지만 골짜기를 건너다 방향을 잃었다. 그러다 그만 관군과 마주치고 말았다. 그들도 길을 잃은 듯 지친 걸음으로 산을 내려오고 있었다. 이쪽에서 먼저 발견하고 벼랑 뒤로 재빨리 몸을 숨긴 덕분에 가까스로 피할 수 있었다. 그러나 그들 중 하나가 조심스레 경계하는 표정을 짓더니 우리가 숨어 있는 쪽으로 한 걸음 한 걸음 다가왔다.

매부리코가 바짝 긴장하여 창을 꼬나쥐었다. 그러나 놈은 이쪽을 발견해서가 아니라 덩굴에 열린 다래를 따 먹기 위해서였다. 그리고 보니 그들 주머니나 손에는 밤이나 도토리, 마가목 열매 같은 산열매들이 쥐어져 있었다. 버섯을 따 가는 이도 있었다. 밤새 추격전을 펼치느라 그들 또한 배가 고픈 모양이었다. 돌아가면 그들에게도 기다리는 식구들이 있을 터였다.

기수 일행은 그들이 다래 따 먹는 모습을 몰래 바라보며 덩달아 침을 삼켰다. 설익어 보이는데도 그들은 다투듯 맛있게 따 먹었다. 마침내 그들이 멀어지고 나자 겨우 공터로 나와 숨을 돌렸다.

"아따, 그놈들, 하나도 안 남기고 다 따 먹어 버렸네."

다래 덩굴을 들여다보며 매부리코가 중얼거렸다.

"저는 들키는 줄 알고 오줌 지릴 뻔했구먼요."

선우가 숨을 내쉬었다.

그때 누군가 산을 뛰어 내려왔다.

군졸이었다. 손에는 운지버섯이 한가득 들려 있었다. 아마 버섯을 따느라 혼자 뒤처졌던 모양이었다.

누가 먼저랄 것도 없이 놀라 서로에게 창을 겨눴다.

다행히 놈은 혼자였다.

"창을 버려라!"

칼자국이 말했다. "시키는 대로 하면 목숨만은 살려 주겠다."

그러자 놈이 말했다.

"내가 소리 지르면 네놈들도 살아남지 못할 것이다!"

"좋소."

기수가 나섰다.

"보아하니 당신도 먹여 살려야 하는 식구들이 있는 것 같소. 우리 역시 마찬가지요. 이대로 보내 줄 테니, 당신도 우리를 못 본 것으로 하시오."

"알겠소."

놈이 고개를 끄덕거렸다.

일행은 그가 내려갈 수 있도록 길을 열어 주었다.

그는 경계를 늦추지 않고 열린 틈으로 조심조심 빠져나갔다.

"잠깐!"

칼자국이 그를 불러 세웠다.

"이것도 인연인데, 우리에게 그 버섯 좀 나눠 주시오!"

그가 웃으며 소매 가득 넣어 두었던 버섯을 꺼내 드는 순간, 칼자국이 눈짓을 보냈다. 동시에 매부리코의 단도가 그의 목젖

에 꽂혔다.

순간 군졸은 버섯을 든 손을 내민 채 그대로 주저앉았다.

기수가 달려가 고꾸라지는 그를 받아 안았다.

기수가 무슨 말인가를 하려고 했지만, 그럴수록 단도가 박힌 자리에서 피만 더욱 솟구쳤다.

"어째서 죽인 것이오?"

기수가 따지자, 칼자국이 말했다.

"그냥 보냈다면 우리를 보았다고 보고했을 것이네."

기수가 반박했다. "설령 그랬더라도 우리에겐 충분히 달아날 시간이 있지 않았소?"

"그렇더라도 추적해 오면 그만큼 곤란해졌을 거요."

칼자국이 말하곤 앞장섰다.

7

작전은 성공했다. 군졸들 대부분이 마즈막재 쪽으로 몰려간 덕분에 관아 습격은 어렵지 않았다. 창고 가득한 곡식을 빼앗아 가난한 사람들에게 고루 나눠 주었다. 부상자가 여남은 명 있었지만 상처가 크지 않았다. 가장 큰 손실이라면 사마귀 아저씨를 잃은 것이었다. 아무 소식도 없는 것으로 보아 아마 잡혔거나 죽었을 것이다.

산채에서는 조촐한 잔치가 벌어졌다. 그러나 기수는 혼자 물러 나왔다. 사마귀 아저씨 생각에 웃고 즐길 맛이 나지 않았다. 단도를 맞고 주저앉던 군졸 모습 또한 잊을 수 없었다. 그의 모습은 자신들을 잡아 가두려는 군졸이기보다 그저 버섯 따위의 먹을 것을 따서 아마도 자신을 기다리고 있을 가족들에게 가져다줄 기쁨으로 뛰어 내려오던 더없이 선량한 사람 표정이었다.

기수는 책상 앞에 앉아 '꺽정이 이야기'를 펼쳤다. 이야기는 꺽정이가 활빈당에 들어가 남다른 무술 솜씨를 펼치는 모습까지 그려져 있었다. 이제 멋진 활약과 공을 세워 활빈당 우두머리가 되는 모습을 묘사할 차례였다. 그리고 나면 세상의 소문대로, 못된 관리와 부자들을 혼쭐내 주고 가난한 백성들을 돕는 난세의 멋진 영웅으로 이야기를 맺을 생각이었다.

하지만 사마귀 아저씨처럼 동료들을 위해 자신을 희생하는 모습으로 그려 보고 싶은 욕심도 들었다. 어쩌면 그것이 우두머리로 활약하는 모습보다 더 영웅적인 모습 같았다. 사마귀 아저씨 같은 사람이 없다면, 결코 좋은 세상은 오지 않을 터였다. 버섯을 따고 내려오다 죽은 군졸 이야기도 꼭 넣고 싶었다. 그의 죽음이야말로 가장 억울하고 가슴 아픈 희생 같았다.

8

"얘기 들으셨습니까?"

바위에 앉아 먼산바라기를 하고 있는데 선우가 다가왔다.

며칠째 '꺽정이 이야기'에 매달렸지만, 이렇게 해도 마음에 들지 않고 다르게 고쳐도 차지 않았다.

그래서 그만 바람이나 쐬려고 나온 참이었다.

"우리가 나눠 준 곡식을 받은 이들을 관아에서 모두 잡아갔답니다."

바람을 쐬러 나와서도 머릿속으로는 '꺽정이 이야기'만 생각하던 기수는, 그제야 정신을 차리고 되물었다.

"잡아가다니 그 사람들을 어째서 잡아갔단 말이냐?"

"활빈당 도움을 받았으니 활빈당 패거리가 틀림없다며 잡아갔답니다!"

선우가 설명하곤 보탰다.

"아마 곡식을 도로 빼앗고, 동요하는 민심을 경계하려는 의도 같다 합니다."

"힘없는 백성들만 고초를 겪는구나."

"그 바람에 저희를 원망하는 이들도 적지 않은가 봅니다."

"그럴 테지."

자신도 모르게 한숨이 나왔다.

"그래서 오늘 밤이라도 당장 쳐들어가 그들을 도와줘야 한다는 이들도 있고, 함정에 빠트리려는 수작이니 움직여서는 안 된다고 주장하는 패도 있습니다."

"너는 어떻게 생각하느냐?" 기수가 물었다.

"저들을 이기려면 꺽정이 같은 용기 있는 사람들이 더 많이 나와야 합니다."

선우가 답답하다는 듯 보탰다. "어서 나리께서 '꺽정이 이야기'를 만들어 널리 알렸으면 좋겠습니다."

"나도 그랬으면 좋겠다."

무엇보다 사마귀 아저씨 같은 희생이나, 또 버섯을 따 가던 선량한 군졸의 억울한 죽음을 기릴 수 있으면 좋을 것 같았다.

그때 칼자국이 다가왔다.

"이런 꺽정이라면 아무리 많이 나온들, 세상이 달라질 수 있을지 의문일세!"

그의 손에는 간밤에 쓰다 만 '꺽정이 이야기'가 들려 있었다.

거기엔 칼자국과 매부리코가 버섯을 따 가는 군졸을 죽이는 장면이 들어 있었다.

칼자국 뒤로 마 두령이 다가왔다.

매부리코를 비롯한 다른 사내들도 다가와 기수를 둘러쌌다.

기수가 당황한 표정으로 일어섰다.

마 두령이 물었다.

"어째서 이런 이야기를 만드는 겐가?"

서글서글한 눈매가 조금도 느껴지지 않는, 몹시 화가 난 눈빛이었다.

"아직 결정된 것이 아닙니다."

기수가 설명했지만, 칼자국이 다그쳤다.

"말해 보게! 이런 내용까지 꺽정이 이야기에 집어넣으려는 의도가 뭔가?"

"그것은 제가 생각하는 여러 가닥 중에 하나일 뿐입니다."

기수는 세 가지 결말을 생각하고 있었다. 하나는 가난한 사람을 돕는 영웅적인 꺽정이, 다른 하나는 동료들을 위해 목숨을 바치는 헌신적인 꺽정이 그리고 세 번째가 죽고 죽이는 현실에 마음 아파하는 꺽정이 모습이었다.

기수 생각에는 세 가지 모두 꺽정이다운 모습이었다.

하지만 설명해도 소용없었다.

"아니, 자네가 어떻게 우리한테 이럴 수 있단 말인가?"

매부리코 아저씨는 특히 서운한가 보았다. 억울한 표정으로 따졌다.

"내가 그놈을 죽인 게, 어디 나 혼자 살려고 한 일인가? 그런데 우리를 이렇게 나쁜 사람으로 이야기 속에 그려 넣다니, 자네가 어떻게 나한테 이럴 수 있단 말인가?"

두령이 나섰다.

"꺽정이 이야기를 그만 마무리 지었으면 하네."

"……?"

"자네의 '꺽정이 이야기'로 당원들 사기가 좋지 않다네."

"저는……."

기수가 설명을 보태려 했다.

"아직도 자네가 어떤 짓을 저지르고 있는지 모르겠는가?"

칼자국이 답답한 표정으로 잘랐다.

"전투를 벌일 때마다 적을 죽여야 할지 말아야 할지 자네한테 허락이라도 받아야 하느냐며, 불만들이 이만저만이 아니란 말일세!"

다시 두령이 나섰다.

"처음엔 자네가 시작했는지 모르지만, 이제 꺽정이는 자네 이야기 속에만 사는 인물이 아니라, 우리 모두가 꿈꾸는 인물이 되었네. 그러니 우리 모두를 위한 이야기로 만들어 주게!"

9

"가까이 앉으시오."

마 두령과 칼자국이 나란히 앉아 있었다.

두령의 집무실은 처음 들어와 보았다. 생각과 달리, 당원들 숙소만큼이나 간소했다.

"그동안 고생 많았소."

두령이 말했다.

책상에는 이야기보따리가 놓여 있었다.

기수가 마침내 완성한 '걱정이 이야기' 완결본이었다.

"이것이 우리가 원하는 것이오."

두령이 입을 떼자, 칼자국이 이야기보따리 하나를 기수 앞으로 밀어 주었다. 군졸 죽이는 장면은 들어 있지 않았다.

"이렇게 할 수밖에 없는 걸 이해하리라 믿소."

여전히 노려보는 칼자국과 달리, 서글서글한 눈웃음으로 두령이 부탁했다.

"부디 이 이야기를 세상에 널리 퍼뜨려 주시오."

기수는 의견을 굽히지 않았다.

"제가 원하는 것은 제가 쓴 이야기 그대로 전하는 것입니다."

칼자국이 눈을 치떴다.

위협적이었지만 기수도 굽히지 않았다.

"제가 지은 이야기 그대로 사람들에게 들려주고, 그들 스스로 생각하게 하고 싶습니다."

말을 삼가던 칼자국이 입을 열었다.

"이 나라는 지방 수령 한두 놈만 썩은 게 아니오. 높은 자리에 있는 놈들일수록 더욱 심하게 썩었소. 지금 우리에겐 도망치는 군졸을 살려 줘야 하느냐 마느냐를 따지는 사소한 문제보다는, 저들이 부패한 사실을 낱낱이 알리는 데 힘을 모아야 하오!"

더구나, 하고 두령이 물었다.

"저들이 어떤 놈들인지 당신도 잘 알지 않소?"

칼자국도 보탰다.

"저놈들 손에 들어간다면 필시 군졸 죽인 장면 같은 부분들만 널리 알리려 할 게 뻔하지 않소?"

그렇긴 했다.

저들이야말로 이야기를 가만히 내버려 두지 않을 터였다. 그렇다고 이야기를 기수 마음대로 빼거나 넣을 수는 없었다.

자신도 모르게 한숨이 나왔다.

"죄송합니다."

기수는 용기를 내어 입을 열었다.

"그렇게 할 수는 없습니다."

그러자 칼자국이 책상을 내려치며 일어섰다.

"우리도 내줄 수 없소!"

10

그만 짐을 챙겼다.

안타까운 눈으로 지켜보던 선우가 조심스레 물었다.

"그 부분을 그냥 빼도 좋지 않은지요?"

눈치를 살피며 보탰다.

"제가 볼 때는 그 부분이 있으나 없으나 크게 다르지 않을 것 같던데……."

기수가 웃으며 말했다.

"처음 꺽정이 이야기를 쓰기로 결심하면서 나 자신에게 약속한 것이 한 가지 있네."

"……그게, 무엇인지요?"

"보고 듣고 겪은 그대로 써야겠다는 걸세."

기수가 대답하곤, 선우에게 물었다.

"네가 보기에 이 세상이 이토록 혼란스러운 이유가 무엇 때문인 것 같더냐?"

갑작스런 질문에 선우가 눈만 깜박거려 보였다.

"잘못된 이야기들을 하기 때문일세."

기수가 말했다.

"이야기 장수의 눈으로 보면, 세상이 혼란스러운 이유는, 아주 간명하지."

기수는 한 번 더 강조했다.

"잘못된 엉터리 이야기를 하고 엉터리 이야기를 믿기 때문이네."

하고 싶은 말을 모두 마친 듯이 일렀다.

"자네는 여기 머물고 싶으면 여기 머물러도 괜찮네."

하지만 선우 역시 짐을 마저 챙겼다. "아닙니다. 저도 어르신을 따라가겠습니다."

말은 그렇게 했지만, 선우가 따라나서자 한결 든든했다.

이제 함께 길을 가면 처지는 것은 기수 쪽이었다. 선우 걸음이 더 빨랐다.

선우 역시 남아서 걱정하는 것보다는 가까이서 지켜 드리고 싶었다.

선우는 기수가 말하면 바로 알아들을 만한 거리를 두고 묵묵히 뒤따랐다. 마치 약간 어려운 아버지를 대하듯.

배웅하는 사람도 없이 둘은 산을 내려갔다.

다만 매부리코가 미운 정이 남아 있다는 듯 눈을 흘기며 주먹밥을 챙겨 주었을 뿐이었다.

기수와 선우는 산자락을 빠져나왔다.

꺽정이를 찾아왔을 때는 울긋불긋한 봄꽃으로 덮여 있던 산자락들이 이제는 새하얀 눈꽃에 덮여 있었다.

다만 옷만 바꿔 입었는데도 전혀 다른 사람으로 보일 때처럼, 쌓인 눈밭 탓에 정말 올라왔던 길인가 싶기도 했다.

그러나 풍경이 아무리 달라 보인다 해도, 지금의 기수 자신과 산을 올라갈 때의 자신만큼 달라 있지는 않을 터였다.

그날 밤, 주막에 들어 묵을 방을 찾는데 취객들이 숙덕거리는 소리가 들렸다.

관군들이 활빈당 산채를 덮치려 한다는 것이다.

그 즉시 길을 되짚었다.

숨이 차면 늦추다가 다시 기운을 내어 내달렸다. 하지만 길은 좀체 당겨지지 않았다.

한없이 제자리걸음을 걷는 기분이었다.

마치 공중에 멈춰 있는 달처럼.

그렇지만 어느새 저만치 기울고 있는 달처럼, 숨을 돌리느라 멈춰 보면 앞서 숨을 돌렸던 자리가 까마득히 멀었다.

그럼에도 새벽녘에나 도착할 터였다.

그때까지 무사하기를……

살아 있기를……

11

밤새 눈길을 걸었다.

동이 트면서 풍경이 점점 더 눈에 익었다.

동시에 마을이 있던 골짜기 쪽에서 연기가 피어오르는 게 보였다.

선우가 앞서 뛰었다.

연기는 더욱 짙게 피어올랐다.

기수가 도착했을 때는 이미 잿더미로 변해 가고 있었다.

다행히 주민들은 삼나무 숲 너머로 달아나고 있었다. 군졸들을 막아 당원들이 화살을 퍼붓고 있었다.

군졸들이 주춤한 사이 당원들이 밀고 내려왔다.

선우는 이미 놈들 창을 뺏어 놈들을 겨누어 달려들고 있었다.

군졸들이 두령을 에워쌌다. 그러나 두령의 칼이 군졸 서넛을 단칼에 베어뜨렸다.

칼자국이 뛰어들어 군졸들 대열을 흩트려 놓았다.

그 틈에 당원들이 함성을 지르며 일제히 밀어붙였다. 병기와 병기가 맞부딪치는 소리가 이어졌다.

칼자국이 달려드는 군졸들을 공중제비로 걷어찼다.

군졸을 넘어뜨린 매부리코를 다른 군졸이 창으로 겨누고 있었다.

수백의 기함과 수백의 비명이 뒤섞였다.

기수도 달려가 맞섰다.

매부리코와 등을 맞대고 달려드는 적을 베었다.

넘어진 군졸에게 칼을 꽂고 돌아서려는데 날카로운 창이 기수 가슴을 파고들었다.

그러나 선우의 칼이 창을 쳐냈다.

선우가 다가오는 군졸을 베고 나서 말했다.

"여기는 저희에게 맡기고 어서 재오개 너머로 피하세요."

주민들이 달아날 시간을 벌어야 했다.

다행히 맹렬한 당원들 반격에 군졸들 공격이 주춤주춤 물러났다.

그제야 보니 선우 왼팔이 피에 물들어 있었다.

기수가 놀라자,

"큰 부상은 아닙니다."

말하곤 재촉했다. "어서 피하십시오, 저도 곧 뒤따르겠습니다!"

하지만 찾아야 할 물건이 있었다.
삼나무 숲으로 들어가려던 기수는, 그만 뿌연 연기 속을 뚫고 산채 쪽으로 달렸다.
두령의 집무실을 향해 곧바로 뛰어 들어갔다.
이미 매캐한 연기로 가득했다.
더듬어 이야기보따리를 찾아 품에 안았다.
그리고 돌아섰다.
그러나 출구가 보이지 않았다.
자욱한 연기뿐이었다.

12

장터는 활빈당 소식을 알지 못하는 듯 활기찼다. 선우는 가게를 찾아갔다. 가게도 예전 그대로였다. 입구에는 제일 인기 많은 이야기와 새로 들어온 이야기 목록이 적혀 있었다. 장사를 하고 있는 털보 아저씨 모습도 보였다. 밖에서 한참을 기웃거려도 눈치를 채지 못할 만큼 손님들로 붐볐다. 당장이라도 들어가 인사를 드리고 싶었지만, 주변 시선을 의식해 참았다.

"계십니까?"

저문 뒤에야 집으로 찾아갔다.

기척을 내자, 털보 아저씨가 내다보았다. "뉘시우?"

"이야기를 팔러 온 사람입니다요."

모든 게 그대로였지만 아기 웃음소리가 들렸다.

털보가 문을 열고 퉁명스레 받았다. "이야기라면 내일 가게로 오시우."

그늘이 져서 보이지 않는 모양이었다.

"듣고 싶어 하는 이야기일 것 같아 이렇게 실례를 무릅쓰고 찾아왔습니다."

선우가 물러서지 않자 마지못한 투로 받아들였다.

"대체 어떤 이야기길래, 아무튼 안으로 들어오슈."

방 안으로 들어서자 놀라 반겼다.

"아니, 이 사람아!"

털보가 글썽이는 눈으로 손을 잡고 놓을 줄을 몰랐다.

"정말로 가장 듣고 싶던 소식을 갖고 왔구먼!"

선우는 아기 구경부터 했다.

겨우 걸음마를 익히는 아기는 두세 걸음 걷고는 쓰러지듯 엄마 품에 안겼다. 그런데도 아주머니는 털보 아저씨가 자신을 반기던 것과 같은 표정으로 아기를 안았다.

"대체 어찌 지냈는가?"

털보가 선우를 보며 물었다. "기수는?"

"산에 들어가 숨어 산다는 말도 있고, 활빈당원이 되었다는 얘기도 있고, 심지어 자네가 바로 꺽정이라는 소문까지 있던데……?"

선우가 웃어 보인 다음 말했다.

"모두 맞는 말이면서, 틀린 말이구만요."

우선 이야기보따리부터 풀었다.

"이걸 부탁합니다."

털보가 한참을 들여다보더니 굳은 표정으로 말했다.

"기수 이야기인가?"

"그렇습니다."

"기수는? 기수는 지금 어디 있는가?"

"모르겠습니다."

"모르다니, 그게 무슨 소린가?"

"산채를 공격당하고 나서 아무도 기수 아저씨를 본 사람이 없습니다……."

선우가 고개를 떨어트리자, 털보도 풀썩 주저앉았다.

더없이 침통한 표정이었다.

13

정신없이 잤다. 얼마나 잤는지 모르겠다. 며칠, 아니면 몇 달이 지났을까. 그저 자다 깨다 자다 깨다를 끝없이 반복했다. 이렇게 오래 자 본 적은 처음이었다. 아마 앞으로도 없을 것이다. 일어나 음식이 놓여 있으면 먹고, 자다가 용변이 마려우면 변기통에 쌌다. 그러나 어느 순간부턴가 더는 잠도 오지 않았다. 아무리 잠을 청해도 정신만 말똥말똥했다. 잘 만큼 잔 모양이었다.

잠결에 선우가 들락거리는 게 느껴졌다. 청소도 하고, 음식도 넣어 주고, 변기통도 갈아 주었다. 마침내 일어나 밖으로 나가 보았다. 작은 암자였다. 어디쯤일까. 사방이 사람 사는 기척 없는 적요한 산자락들로 겹겹이 둘러싸여 있었다.

마침내 멀리 선우가 올라오는 모습이 보였다.

그만 짐을 꾸렸다.

꼭 가져가야 할 것만 챙기고 나머지는 태웠다.

선우는 기수가 떠날 채비를 다 하고 나서야 마당으로 들어섰다.

"다녀왔습니다."

기수가 물을 건넸다. "고생했다."

그러나 선우가 물을 다 마시기도 전에 일어났다.

"가자꾸나."

선우가 재빨리 뒤따랐다.

"털보 아저씨를 빼다 박은 아기가 걸음마를 배우고 있었습니다."

평평한 길이 나오자 바짝 붙으며 일렀다.

"가게에도 손님이 많았습니다."

하지만 기수는 별다른 반응을 보이지 않았다.

선우가 참다못해 한마디 더 보탰다.

"털보 아저씨에게만큼은 사실대로 말씀을 드렸어도……."

그런데도 기수는 말이 없었다.

선우가 물었다. "어디로 가시는 겁니까?"

그제야 기수가 입을 열었다.

"나도 잘 모르겠다."

그러곤 물었다.

"혹시 가고 싶은 곳이라도 있느냐?"

"저야 나으리 가시는 대로 가겠습니다."

그러자 혼잣말하듯 말했다. "사람은 어디에 있든 자기가 만든 이야기를 따라가게 되어 있지."

그러더니 선우를 보며 웃는 얼굴로 이었다.

"내 이야기는 예서 끝났으니, 이제는 네가 가 보고 싶은 곳으로 가 보자꾸나."

이번에는 선우가 한참을 말없이 걷다 말했다.

"청나라를 가 보고 싶습니다."

"어째서 그곳이더냐?"

"가게에 가 보니 청에서 들어온 진귀한 이야기책들이 아주 많았습니다."

기수가 웃었다.

"너도 이야기 장수가 다 되었구나!"

선우가 말했다.

5부 이야기를 살다

"이번에는 제가 청나라 이야기를 써 보고 싶습니다."

"좋은 생각이구나!"

두 사람은 어떻게 이야기를 만들어 갈지 두고 이야기를 주고받기 시작했다.

하지만 산모퉁이를 돌면서 더는 아무 소리도 들리지 않았다.

마치 페이지가 다 넘어가 버린 듯이.

해설

'진짜' 이야기를 찾아가는 여정

방민호(서울대학교 국어국문학과 교수)

1.

이만교 작가의 소설 『이야기의 이야기의 이야기』는 아주 흥미로운 작품이다. 제목에 '이야기'라는 말이 세 번씩이나 들어가 있어, 뭔가 해석이 필요할 것 같다.

여기에서 말하는 '이야기'라는 것은 사전에서 보면 '어떤 사실에 관하여, 또는 있지 않은 일을 사실처럼 꾸며 재미있게 하는 말'의 뜻으로 풀이된다. 우리가 '옛날이야기'라고 말할 때의 그것이다. 그런데 우리는 이야기라는 말을 옛날이야기, 즉 '민간에서 오래전부터 전해져 내려오는 이야기'라는 뜻으로 말고도 소설을 가리키는 말로도 사용한다. 민간에서 전해져 내려오는 옛날이야기, 곧 민담, 또 신화나 전설 같은 것 말고도 '이야기'라는 말은 온갖 종류의 소설들을 가리키는 통칭으로도 사용되는 것이다.

그렇다면 '이야기의 이야기의 이야기'라는 말은 어떤 뜻을 가질까? 우선 '이야기의 이야기'라고 하면 '민담, 신화, 전설 그리고 소설들에 관한 이야기'라고 풀이할 수 있을 것이다. 이런 이야기들이 무엇인지, 그런 것들은 어떻게 생겨났는지, 또 어떤 변천을 겪었는지, 어떻게 사람에게서 사람으로 전달되게 되었는지, 그런 이야기들이 어떻게 책 안에 담기고 또 팔리게 되었는지 등등에 관한 이야기를 뜻하는 것이다.

그런데 여기서 우리는 한 걸음 더 나아가 '이야기의 이야기의 이야기'에 대해 생각해 보아야 한다. 앞에서 말한 것이 '이야기의 이야기'의 뜻이라면, '이야기의 이야기의 이야기'는 무슨 이야기를 말하는 것일까?

이는 필자가 생각하기에, 아마도, 그런 '이야기의 이야기'를 이야기로 만들었다는 뜻을 가지는 듯하다. 즉 민담, 신화, 전설, 소설 같은 것들에 관한 이야기를 이야기로 만들었다는 것인데, 이것은 바로, 성은 전이요 이름은 기수인 주인공 아이가 등장하여 어머니를 여의고 채 장수가 되었다가 '이야기꾼', '이야기 장사꾼'이 되어 온갖 일을 겪게 되는 이 작품 자체를 가리키고 있다고 말할 수 있을 것이다.

2.

이와 관련하여 우리는 이 '이야기 소설'의 주인공 '전기수'에 대해 미리 짚어 두지 않을 수 없다. 이 작품의 화자는 첫 페이지부터 천연덕스럽게 '이야기 장수' 전기수에 대해 말한다.

> 옛날 옛날 먼 옛날, 너무 먼 옛날이어서 그런 시절이 있었는지 조차 잊었을 만큼 아주 오랜 옛날에, 성은 전傳이요, 이름은 기수奇叟라 불리는 이야기 장수가 살았다.

이 작품은 보통 '옛날이야기'가 대개 그렇듯이 주인공을 그 이름부터 제시하면서 이야기를 시작한다. 조금이라도 우리 문학사를 아는 사람들, 그리고 학생들이라면, 옛날, 그러니까 조선시대에 사람들 많이 모이는 곳에 자리 잡고 앉아 사람들에게 소설을 낭독해 주던 사람을 '전기수傳奇叟'라 했다는 사실에 생각이 미칠 수밖에 없다.

그리고 우리나라 전 씨 성에 밭 전 자 쓰는 '전田' 씨도 있고 온전할 전 자 쓰는 '전全' 씨, 그리고 드물게 돈 전 자 쓰는 '전錢' 씨는 있어도 전할 전 자 쓰는 '전傳' 씨는 없다는 사실에 생각이 닿으면, 이 소설의 주인공 이야기 장수 '전기수'는 조선 시대에 사람들에게 이야기를 읽어 주는 직업을 가진 사람이라는 말에서 따온 것임을 확신할 수 있다.

이렇게, 이 소설 속의 이야기는, 전기수라는 이야기 장수에 관한 이야기이자 동시에 소설 읽어 주는 직업 그 자체를 하나의 인격체로 의인화하여 그를 통해 이야기와 이야기꾼들에 얽힌 이야기를 다채롭게 엮어나간 것이다.

작품의 첫머리부터 작가는 이 전기수라는 주인공 이름을 통하여 자신의 작품 『이야기의 이야기의 이야기』가 그냥 단순한 이야기가 아니라 이야기에 관한, 이야기의 유래와 변천과 그를 둘러싼 사람들의 삶에 대한 이야기가 될 것임을 시사하고 있는 것이다.

3.

자, 이제 이 소설 속으로 들어가 보면 이 작품은 모두 다섯 개의 부로 구성되어 있다. 1부는 '이야기를 짓다', 2부는 '이야기를 팔다', 3부는 '이야기를 뺏기다', 4부는 '이야기를 되찾다', 5부는 마지막으로 '이야기를 살다' 등이다.

이 소설은 각 부의 제목이 시사하듯이 이야기의 탄생('짓다')과 우여곡절('팔다', '뺏기다', '되찾다')과 결말('살다')을 그린 것이라고 할 수 있다. 한 소년이 이야기꾼이 되어 성장, 성숙해 가는 과정을 통하여, 작가는 이야기라는 양식이 역사적으로 어떻게 출현하여 변모, 변천해 가고, 또 어떻게 진정한 이야기의 출현으로 나아가게 되는지를 말하고 있다.

이러한 다섯 개의 부를 통하여 작가가 무엇을 말하고자 했는가는 아주 흥미롭고도 긴요한데, 그에 앞서 우리는 이 작품의 대체적인 줄거리를 짚어 볼 필요가 있다. 이야기는 무엇보다 그 대강의 내용을 이해한 후에야 비로소 깊은 해석을 시도할 수 있기 때문이다.

이 소설은 그 자체로 어머니가 돌아가신 후 이야기 장수가 된 소년 '전기수'가 일련의 사건들을 겪어 가는 일종의 '모험담'이기도 하다. 그리하여 이 작품은 다음과 같은 구체적인 사건들을 끌어안고 있다.

  우선 1부는 기수가 어머니 대신에 떠돌이 장사꾼이 되어 떠돌다 이야기꾼으로 변신해 가는 과정을 담고 있다. 2부에서 기수는 서로 마음이 통한 '털보'와 함께 새 이야기들을 발굴하고 채집해 나가다 아예 이야기 가게를 차리게 되고, '선우'라는 아이를 받아들여 여러 이야기들을 베끼게 하다 이윽고 자신이 겪은 일들을 하나의 이야기로 만들고자 하는 생각까지 품게 된다. 3부에 가면, 이야기 가게가 번창하면서 기수와 털보는 부패한 관헌들의 간섭과 취체에 시달리게 되고, 옥에까지 갇혀 들어간 기수는 '사마귀', '매부리코' 그리고 활빈당인 '쑥대머리 사내' 등을 만나 그네들의 사연을 접하면서 세상의 불합리와 이를 상대하는 이야기의 힘에 눈뜨게 된다.

  또 4부에서는 고을 포도대장의 강권으로 털보가 그네들의 비위를 맞추는 이야기를 만들어 내는 것을 보면서 반대로 기수는 "힘겨운 백성들 이야기를 담아내는 이야기야말로 어머니가 바라고 계실 진짜 이야기"일 것이라고 각성하게 된다. 그리하여 기수는 '꺽정이'라는 멋진 대장부의 이야기를 만들어 내기 시작하지만, 이것이 화근이 되어 관헌들에게 쫓기는 신세가 되고 만다. 그런데 우연인지 필연인지 세상에는 관헌들에 대항하는 꺽정이 무리가 출몰하고 그녀들이 활빈당이라고도 하는 소문이 떠돌고 있다. 기수는 선우와 함께 산중으로 이 꺽정이 활빈당패를 찾아 나서고 옥중에서 만난 사마귀, 매부리코가 활빈당이 되었음을 알게 된다.

마지막으로 5부에서는, 활빈당이 관헌들을 향해 출정을 하게 되자 기수는 마치 종군 작가처럼 꺽정이 이야기를 실사하기 위해 그들을 따라나선다. 활빈당의 고을 습격은 성공하지만 이 과정에서 기수는 활빈당원인 '칼자국'과 매부리코가 포로가 된 군졸을 쉽게 살상하는 것을 보고 실망을 금치 못한다. 기수는 자신의 '꺽정이 이야기'를 어떻게 써야 할지 무척 고민한다. 활빈당원들 그리고 '마 두령'은 기수가 그녀들의 아름다운 이야기만 기록해 주기를 원하지만 기수는 "보고 듣고 겪은 그대로 써야겠다"는 생각을 굽히지 않는다. 바야흐로 관헌들이 활빈당 산채를 급습하는 사이에 기수는 자신의 이야기보따리를 들고 급히 몸을 피해 자신의 길을 간다.

4.

　이제, 한 사람의 평론가이자 동시에 『연인 심청』 같은 소설을 써 보기도 한 사람으로서, 필자는 이만교 작가의 이 소설 『이야기의 이야기의 이야기』가 지극히 훌륭하다는 점을 눈에 띄게 강조하지 않을 수 없다.

　무엇보다 이 작품은, 결코 길다고도, 어렵다고도 말할 수 없는 이야기 형식과 문제를 가지고, 우리가 이야기라고 부르는 것의 본질과 그 변이, 변화와 이야기책 출판으로의 정착 과정을 너무나 실감 나게 보여 준다.

　뿐만 아니라 이 작품은 우리가 이야기 또는 소설에 대해서 던지게 되는 지속적인 질문들, 그러니까 가치 있는 이야기란 무엇이며 이야기꾼, 곧 작가는 어떤 이야기를 지향해야 하는가 하는 가치론적인 문제까지 두루 살펴보고 있기도 하다.

　본래 이야기, 곧 소설은 어떤 이론적인 체계를 가진 서술문이 아니다. 그것은 어떤 생각이나 이상을 주인공과 그를 둘러싼 사람들이 겪어 가는 사건들을 통하여 구체적으로, 즉 형상적으로 전달해 준다. 그런데 바로 이 형상성, 즉 사람들의 몸짓, 말짓에 담긴 사건들의 묘사와 서사를 통하여 제시되는 장면들, 광경들은 어떤 이론적인 언설들보다 풍부한 의미를 함축한다.

바로 여기에 이야기, 곧 소설 양식의 신비로운 힘이 숨어 있는 것이다. 그렇다면 필자는 『이야기의 이야기의 이야기』가 이러한 이야기의 힘, 소설의 힘을 보여 주는 데 너무나 충실하다는 점을 강조하고자 한다.

유감스럽게도 이 자리에서 모든 것을 다 설명할 수는 없고, 다만 몇 가지 사례를 통하여 이 작품이 이야기 또는 소설에 관하여 얼마나 정심하고도 풍부한 이해를 추구하고 있는지 이야기해 보고자 한다.

예를 들어, 이 작품 1부에서 기수는 어떤 낯선 체 장수가 자신의 어머니 이야기를 훔쳐 팔고 돌아다닌다는 말을 듣고 그를 찾아가 따지게 되는데, 이 과정은 이야기의 '원본성'에 관한 우리의 이해를 심문한다고 할 수 있다.

물론 기수의 이야기를 훔쳐 판 털보는 남의 이야기를 '표절'한 죄를 지은 것이기는 하다. 그러나 어느새 그는 기수가 원래 지어낸 이야기보다 풍부한 내용을 그 이야기에 보태고 있기도 하고, 그럼으로써 본래의 이야기를 더욱 이야기다운 이야기로 재창조하고 있다.

이를 문학 작품의 창조성, 원본성 그리고 표절의 문제로 옮겨 생각하면 다음과 같다. 현대 문학에서는 작가 개인의 창조성에 초점을 맞추는 경향이 있기 때문에 표절을 심각한 윤리적 범죄로 취급하곤 한다. 그러나 이야기의 원본 작가를 찾기 어렵고 또 그 원본 작가를 찾는 일보다 이야기를 나누어 갖는 일이 더 중요하게 여겨졌던 현대 이전에는 이야기를 덧보태고 빼고 변모시킴으로써 더 다채롭고 풍요로운 이야기로 만들어 나가는 공동의 작업이 더 큰 의미와 가치를 지닐 수도 있었을 것이다.

이와 관련하여 작중에서 기수의 추궁을 당하던 털보가 기수를 향해 반격하는 다음 대목은 깊이 음미해 볼 필요가 있다.

"이보게나. 자네만 홀어머니 밑에서 살았다고 생각하나? 자네 어머니만 생선과 나물을 팔았단 말인가? 설마 자네 혼자만 옹기 장수를 하다가 체 장수를 하게 되었다고 우길 생각인가?"

(중략)

"나는 그냥 실족했다고 하지 않았네. 산짐승에게 쫓겨 다쳤다고 했네."

(중략)

"그러니까 이건 자네 어머니 얘기가 아니지 않은가?"

물론 체 장수 털보는 기수의 이야기를 훔쳤을 것이다. 그러나 원본성을 따져 묻지 않을 수 있는 전근대의 이야기 생산 풍토 속에서 이야기들은 이렇듯 사람들에서 사람들로, 이야기꾼에서 이야기꾼으로 옮겨 다니며 새로운 것이 보태지고 또 있던 것이 없어지거나 바뀌면서 사람들을 더 울고 웃게 하는 풍요로운 서사물로 거듭나기를 계속했던 것이다.

이렇게 이야기꾼마다 달리하는 이야기 변화의 메커니즘을 두고 판소리에서는 소리꾼의 '더늠'이라고 했고, 그렇게 해서 달라지는 서로 다른 이야기들을 소설에서는 '이본異本'이라고 했으니, 『심청전』은 오늘날 남아 있는 이본들이 『춘향전』보다도 많은, 그야말로 풍요로운 서사물이었다.

한편으로, 『이야기의 이야기의 이야기』는 오늘날의 용어로 말한다면 현실과 문학 그리고 체제와 문학의 관계에 대한 성찰을 보여 주는 작품이라고도 말할 수 있다.

먼저 현실과 문학은 어떤 관계를 맺는가? 작중 2부와 3부에서 기수와 털보는 서로 '죽이 맞아' 새 이야기들을 발굴하고 널리 채집도 하고 서로 다른 이야기를 묶어 내기도 하고 다듬어 내기도 한다. 이야기 가게를 차려 필사꾼을 고용해서 오늘날 말하는 '소설 공장' 같은 것을 운영하기도 하면서 한창 이야기 장사 전성시대를 맞이한다.

　이야기 장사는 번창하는데, 그러나 이 이야기꾼들이 살아가는 세상은 어지럽기만 하다. 서리며 나장이며 포도대장 같은 관헌들은 기수와 털보를 풍기 문란의 죄에 혹세무민의 죄를 걸어 포박하고 이야기보따리들을 관아로 압수해 간다. 백성들에게 엉터리 세금을 매기고 함부로 가두었다가 말도 안 되는 속전을 받고서야 풀어 주면서 겁박을 일삼는 횡포를 부린다.

　이런 불합리, 부조리한 세상에서 어떤 이야기들이 퍼지고 팔리는가? 작중에서 기수는 포도대장을 향해, 사람들이 공감하는 이야기는 사람들 입을 통해 **빠르게** 퍼져 나간다면서 다음과 같이, 이야기의 '경보' 기능을 말한다.

"슬픈 이야기는 슬픔을 풀어 줍니다. 재미난 이야기는 답답한 마음을 풀어 줍니다. 억울한 이야기는 상한 마음을 풀어 줍니다. 억울한 일을 당한 사람들은 그 사연을 들어 주기만 해도 한결 편안해진 얼굴로 돌아갑니다. 그러니까 만약 억울한 이야기가 많이 돌아다닌다면, 그것은 다만 그렇게라도 억울한 마음을 풀고자 하는 백성들이 많다는 경보 같은 것이옵니다."

이러한 기수의 말에 따르면 이야기는 세상의 상태를 알려 주는 바로미터 같은 것, 온도계 같은 것, 또는 세상이라는 잠수함에 산소가 얼마나 남아 있는지를 알려 주는 토끼와도 같은 역할을 하는 것이다. 그래서 어떤 이야기 또는 소설이 사람들의 공감을 무척이나 많이도 사고 있다면 그것은 반드시 이 이야기 또는 소설이 흘러 다니는 세상의 '건강 상태'를 알려 주는 기능을 하는 것이다.

그러나 권력은 이러한 문학의 '경보' 기능을 경원시하는 경우가 많다. 이것이 바로 체제와 문학의 긴장된 관계를 낳는다. 경원시한다는 것은 두려워하고 꺼린다는 뜻을 함축한다. 현실을 정치적으로 말하면 체제라 할 수 있고 이 체제를 지탱하는 권력을 정부라 한다면, 정부는 현실을 비판적으로 보고 정부를 부정적으로 평가하는 문학인들, 말하자면 이야기꾼들, 소설가들의 힘을 묶어 두고 싶어 한다.

옛날부터 글을 쓰는 사람들, 그러니까 이야기를 전파하는 사람들은 이 소설에서 보듯이 정부 권력의 취체 대상이 되어 왔다. 특히 정부에 비판적인 입장을 가진 이야기꾼들은 풍기 문란과 혹세무민의 죄명으로 엄하게 다루어졌다. 문학사는 정치권력의 부당한 간섭과 구속의 피해를 입은 많은 문학인들의 존재를 보여 준다.

심지어 잘못된 정부는 이야기꾼, 소설가들로 하여금 현실을 미화하고, 정부가 하는 일을 예찬하도록 강요하기도 했는데, 이 소설은 그러한 폭력적 힘에 노출된 기수와 털보의 상반된 대응 태도를 보여 주기도 한다. 털보는 관헌들의 힘에 굴복해 현대식으로 말하면 '어용 문학'을 지어내는 데 반해 기수는 사람들의 아픈 삶을 보여 주고 달래 줄 수 있는 진짜 이야기를 향해 한 걸음 한 걸음 자신의 길을 걸어 나갔던 것이다.

뿐만 아니라 기수가 활빈당 사람들이 원하는 이야기만을 쓰는 것을 거부한다는 설정을 통하여 작가는 체제에 영합하는 문학뿐만 아니라 그에 저항하는 입장을 가진 문학도 현실을 왜곡할 수 있음을 보여 주고자 했다. 체제와 문학의 관계에서 위험은 단지 체제에 영합하는 쪽뿐만 아니라 저항하는 쪽에서도 나타날 수 있는 것이다.

5.

작중 마지막 장인 5부에서 기수는 활빈당 사람들을 경험한 후에 선우에게 묻는다. 네가 보기에 이 세상이 이토록 혼란스러운 이유가 무엇이냐? 선우는 아직 생각이 그에 미치지 않았는지 대답하지 못한다. 그러자 기수가 말해 준다. 사람들이 잘못된 이야기들을 하기 때문이라고. 엉터리 이야기를 하고 엉터리 이야기를 믿기 때문이라고.

산 아래 관헌들이 지배하는 세상을 경험하고, 나아가 산속 활빈당 사람들의 저항에 깃든 부정적 요소까지 경험한 기수는 이제 이야기에 관해 많은 것을 알게 된 성숙한 이야기꾼이 되었다. 산을 올라갈 때의 그와 산에서 내려올 때의 그는 이제 완연히 달라졌다. 진짜 이야기가 무엇인지 알고 그것을 지을 수 있는, 쓸 수 있는 '작가'가 된 것이다.

이제 필자는 『이야기의 이야기의 이야기』에 관한 이야기를 마칠 때가 되었다. 그런데 아직까지 다 못한 이야기가 남아 있다. 그것은 이 이야기 속에 그 숱한, 옛날과 지금의, 그리고 우리나라와 다른 나라의 이야기들을 간단없이 출현시키고 엮어 나간 작가의 솜씨에 관한 것이다. '벌거숭이 임금님 이야기'라면 안데르센 동화일 텐데 우리나라 이야기로 둔갑해 들어와 있고, 한강의 '괴물 이야기'라면 응당 봉준호 감독의 영화 《괴물》을 떠올릴 수밖에 없는데, 그것도 버젓이 저 조선 시대 기수네의 삶의 이야기로 등장하는, 이런 식으로 말이다.

  자유자재로, 천연덕스럽게, 시치미를 떼고 그 많은 재미난 이야기들을 하나의 이야기 속에 끌어들이는 이 기법과 역량에 대해서는 몇 줄을 더 써도 모자랄 것이라 생각한다.

『이야기의 이야기의 이야기』의 작가 이만교는 장편소설 『결혼은, 미친 짓이다』로 세상에 널리 알려진 사람이다. 이 소설은 진실한 사랑과 결혼이라는 현대적 제도의 어긋남을 그린 문제작으로, 이 작가를 현대 세계의 생활상에 정통한 작가로 인식되게 했다. 돈과 세속적 지위가 군림하는 세계에서 진실한 사랑은 가능한가? 이 세속적인 삶 속에서 사랑은 어떤 형태로 어떻게 존재할 수 있는가? 하는 등등의 문제를 작가는 이 작품을 통하여 진지하게, 그러나 냉소적 포즈로 물었다.

  그리고 이 소설은 굉장한 성공을 거두었다. 원작이 영화로까지 제작된 인기 덕분에 작가는 큰 명성을 누렸지만 바로 그 때문에 어쩌면 작가는 '대중적인 작가'라는 불편한 이미지를 떠안아야 했을 수도 있다. 이 작가의 정말 새로운 작품 『이야기의 이야기의 이야기』를 읽으며 필자는 이야기의 혜택과 상처를 함께 경험한 작가 자신의 이야기꾼으로서의 진짜 목소리를 듣는 듯

한 착각을 느꼈다. 그에게는 이야기의 진실을 향한 깊은 염원이 오랫동안 가슴속에 잠겨 있었던 것이다.

  아마도 이야기라는 전통적 양식에 관하여, 그리고 그 변용으로서의 소설, 또 현대 소설에 대하여 이 작품만큼 훌륭하게 접근해 준 작품도 더는 없을 것이다. 청소년 독자들에게 꼭 읽어 보라고 권하고 싶은 좋은 소설이다.

작가의 말

저는 소설가입니다. 소설가는, 이야기를 만드는 사람입니다. 그러나 소설가만 이야기를 만들지는 않습니다. 모든 사람이 이야기를 만듭니다.

어떤 사람이 "나는," 하고 말을 시작하면, '나'라는 인물을 주인공으로 내세운 이야기를 만드는 것이고, "우리 엄마는," 이라고 말을 하면, '엄마'를 주인공으로 내세운 이야기를 만드는 것이지요.

이야기를 잘 만들면, 주인공도 매력적으로 살아나고, 말하는 사람도 매력적으로 느껴집니다. 그러나 이야기를 잘못 만들면 괜한 시빗거리만 불러일으킵니다.

그래서 저는, 모든 사람이 이야기를 잘 만드는 사람이 되었으면 좋겠습니다. 자기 이야기 속에 등장하는 인물들을 매력적으로 살리는 사람이 되었으면 좋겠습니다.

남의 이야기란 존재하지 않습니다. 내가 어떤 사람에 대해 이야기한다는 건, 그 사람을 주인공으로 등장시키는 '나의 이야기'를 하는 것이니까요.

저는 내 이야기뿐 아니라 남의 이야기를 잘하는 사람이, 진짜 좋은 소설가라고 생각합니다. 진짜 매력적인 사람은 남의 이야기를 할 때도 자기 이야기처럼 하는 사람이라고 생각합니다.

나와 남이 구분되지 않는 세계. 남의 이야기를 잘하는 만큼 나의 세계가 풍요로워지는 삶. 이것이 소설가의 숙명이지만, 모든 사람의 운명이기도 합니다.

저는 이 소설을 통해, 이 소설의 주인공과 함께, 나를 넘어 독자인 당신에게 가는 길을 찾아보고 싶었습니다.

2021년 7월

원터마을에서, 이만교

상상 청소년소설 1
이야기의 이야기의 이야기
ⓒ 2021 이만교

1판 1쇄 발행일 2021년 7월 20일
지은이   이만교
펴낸이   김재문

책임편집 정수연
일러스트 김서빈
디자인   이정아
펴낸곳   출판그룹 상상
출판등록 2010년 5월 27일 제2010-000116호
주소   (06651) 서울시 서초구 반포대로 14길 71 서초에클라트 1508호
전자우편 story@sangsang21.com | 홈페이지 www.sangsang21.com
페이스북 facebook.com/sangsangbookclub
인스타그램 @sangsangbookclub
대표전화 02-588-4589 | 팩스 02-588-3589

ISBN 979-11-91197-22-8 43810

* 이 책의 판권은 지은이와 출판그룹 상상에 있습니다.
　이 책 내용의 일부 또는 전부를 재사용하려면 사전에 양측의 동의를 받아야 합니다.